角の生えた帽子

宇佐美まこと

角川ホラー文庫
22432

目次

悪魔の帽子

これは夢だとわかっている。

あまりに白い、晒《さら》されたような女の背中。体の下の乱れたシーツ。夢なのに、汗と体液の匂いが立ちのぼってくるようだ。女の背中は幻のように輪郭が曖昧《あいまい》で、僕は手を伸ばしてそっと触れてみる。人の肌なのにつるんとした陶器のような感触だ。

だから――夢なのだ、とまた思う。

さらに手を伸ばして女の胸をまさぐる。思いがけず重量感のある胸は垂れぎみで、それでも乳首はこりこりと硬く尖《とが》ってくる。下腹の弛《ゆる》み。顔は見えないけれど年齢の予測はつく。右手はさらに女の体をなぞって下降する。陰部を弄《もてあそ》んでも女は軽く寝息をたてている。女の入り口はだらしなく広がり、僕の指はどこまでも入り込む。女の中は春田《はるた》の泥濘《でいねい》のように温かくぬかるんでいる。

女は腰をよじって僕の手から逃れ、ひとつ息を吐くと寝床からするりと抜け出す。けだるげに髪を掻《か》きあげるが、それも後ろ姿で顔は定かでない。小さくドアを開け閉めする音がした後、水の音が聞こえ始める。女がシャワーを浴びているのだ。僕は後を追って浴室へ入る。僕も全裸だ。まぶしい光の中で、また女の裸の白さが際立っている。やっぱりこちらに背中を向けたままだ。シャワーのヘッドを動かすたびに女の二の腕がゆたゆたと揺れている。女は念入りに下腹部を洗う。太ももの内側を流れていくのは、僕の精液だろうか。

女が僕に気づく。これは夢なのだ。そして僕は、もうこの夢の結末を知っている。

女の顔には見覚えがない。思ったよりも若やいだ顔立ち。だけど体の線は哀しく崩れている。女は細い眉《まゆ》を片方だけ上げて、「まだやりたいの？」というように笑う。

ああ、あんなふうに笑いさえしなければ——と僕は思う。

僕は女の髪の毛をつかんで後ろへぐいと引く。女ののけ反った喉《のど》が白い。手から離れたシャワーヘッドが床に落ちて跳ね、湯が僕の膝《ひざ》を濡《ぬ》らす。「何？」と言ったのか、「あうっ！」と叫んだのか、女はいっぱいに見開いた目で僕の姿を捜している。そのまま湯を張ったバスタブに女の頭を押し込む。女は顔を上げようともがく。もの凄《すご》い力だ。でも僕は決して手を離さない。両手を使って押さえ続ける。女の手が宙を掻き、品よく手入れされた爪が偶然に僕の胸をかすった。しかし女の抵抗もそこまでだ。急に体の力が抜ける。ごぼごぼとくぐもった音で泡を大量に噴き出したと思ったら、それきり動かなくなった。

僕が予想した通りの結末。

あんなふうに笑いさえしなければ、この女は歩いて家に帰れたのに、と夢の中の僕は思う。濡れた女の背中はぬめぬめと光って、さらに陶器っぽく見える。

これは夢なんだ——そうわかっていても、馴染《なじ》んだ寝床で目を覚ますたびに、僕は安堵《あんど》のため息をつく。心臓は早鐘のごとくに打ち、体中嫌な汗でじっとりと湿っている。パジャマの前をそっと開いて、女に引っ掻かれた爪の痕《あと》がないか確かめてみるが、もちろんそんなものはない。でも僕のペニスは勃起《ぼっき》している。そんなはずはないのに、女の匂いが執拗《しつよう》に絡みついているような気がする。殺した女の匂いが——。

この数か月間、何度もこんな夢に悩まされている。女とセックスした後、その女を殺す夢。相手はその都度違う。若かったり中年過ぎだったり、痩《や》せぎすだったり豊満だったり。でも僕を真に戦慄《せんりつ》させるのは、その数の多さや、生々しく手に残る殺人の感触ではない。人を殺している時、僕の心は高揚し、歓喜に打ち震えているということだ。僕は人殺しを楽しんでいるんだ。

まんじりともせずに夜明けを待ち、身支度を終えて工場に出勤する。僕は電子機器の組み立て工場で働いている。工場の更衣室で耳を覆う帽子までついた白い作業着に着替えて、エア・シャワーを浴びる。精密な電子機器を組み立てる広い工場内は、温度、湿度が常に一定になるように管理されている。

工場内で作業員は班ごとに分かれ、特定の機能を有する専用機器を組み立てる。僕が今属しているのはB7班で、六人でラインを組んでいる。僕たちは、モーツァルトが流れる工場内で静かに作業に没頭する。この一年ほどB7班が組み立てているのは、医療機器の中の部品だ。CTスキャナか手術用機器か、完成品はかなり大きな機械になるはずだ。その中の主要部品なので気が抜けない。組み込みシステムには高い精度と耐久性が要求される。

下キャビと呼ばれる丸い部品実装の上に、回路基板、電磁弁や光センサーを取り付けていく。複雑な配線をつないで最後に上キャビを被《かぶ》せる。出来あがった部品は、直径十六・九センチの円形をしている。上キャビは、円の中央が丸く膨らんでいる。その膨らみの両側に、二本の細い管が突き出していて、内部からの配線が通っている。完成したこの部品は、つば広の帽子のような外見をしている。帽子の形をしているのだが、二本の管が角《つの》のように見えるので、B7班ではこれを「悪魔の帽子」と呼んでいる。僕はこれがどんな医療機器に組み込まれるかなんて全然興味がない。この美しい造形の「悪魔の帽子」を正確に、決められた時間で組み立てることに情熱を燃やしている。

その日、Ｂ７班は終業後、駅前の繁華街で飲んだ。僕はあまり酒は飲まないのだけれど、たいていは誘いにのる。精密な電子機器を組み立てる、流れるような作業には信頼関係が大切だから。僕の隣には、背が低いのにかなり太ったナナコという女の子が座った。体にぴったりしたＴシャツが横に伸びて、ペイズリー柄がおかしな具合に歪《ゆが》んで見える。こんなに太っているのに、ナナコの芋虫のような指は絶妙な動きをして、「悪魔の帽子」を組み立てるのだ。

ナナコが僕に体をすり寄せてくる。その都度僕は反対方向に体をずらす。Ｂ７班のもう一人の女性、松本《まつもと》千《ち》夏《なつ》がおかしなふうにナナコに目配せしているのも落ち着かない。ナナコの汗ばんだ腕が、僕の腕にくっつく。そのにちゃりとした皮膚感覚が僕を総毛立たせる。僕はひんやりとした硬い部品を愛しているんだ。

かすれた短い叫び声。まるで八十過ぎの老婆のような声だ。だけど僕の前にいるのは若い女だ。もしかしたらまだ二十歳にもなっていないのかもしれない。女はベッドの上に仰向《あおむ》けに横たわり、僕はその上に馬乗りになっている。

「乱暴しないでよ。そういうやり方をするなら、特別料金をもらわなきゃ」

それで初めて、そこがホテルの一室なのだとわかった。女は自分でワンピースをたくし上げた。黒い下着が露《あら》わになる。が、僕のペニスが脈打っているのは、そんなものを見たせいじゃない。女が僕の股間《こかん》に手を伸ばしてきたのを邪険に払った。そして馬乗りの姿勢のまま、女の首に両手をかけた。ぐっと力を込める。柔らかな首の肉は、いとも簡単に僕の手の中で圧縮される。女がカッと目を見開く。彼女はようやく僕の意図を汲《く》み取ったのだ。でももう遅い。グウッと喉が鳴る。飛び出しそうになった目が鬱血《うっけつ》し、くるりときれいに反転した。女の体は痙攣《けいれん》し、黒いきれいなレースのパンティは失禁したもので濡れそぼる。肺腑《はいふ》に残っていた最後の空気がシューッと吐き出された。同時に僕は女の腹の上に射精した。

僕は暗闇の中で目を開いた。

あまりにも生々しかったので、「これは夢なんだ」と思う暇もなかった。のろのろと身を起こし、汚れた下着を替えた。僕は女を犯すことよりも女を殺すことに快感を覚えている——？　もう何人を夢の中で殺したんだろう。

工場の昼休み。食堂のA定食を食べながら、僕はぼんやりとテレビを見ていた。ひとつ向こうのテーブルから、ナナコがちらちらと視線を送ってきていたから、熱心にテレビに見入っているふりをしていた。テレビではワイドショーをやっていて、どこかで起こった殺人事件のレポートが映し出されていた。安っぽいラブホテルの外観が映った。Ａ定食の肉が硬くて、僕はちょっと顔をしかめた。

　被害者の写真が大映しになった途端、口を動かすのをやめた。咀嚼《そしゃく》しきれなかった肉が口の中でころんと転がった。今朝がた見た夢に出てきた女の顔だった。僕が絶頂感とともに絞め殺した女。テロップには「久《く》米《め》遥香《はるか》さん、二十一歳」と出ている。全く聞き覚えのない名前だ。第一、この事件が起こった北関東の街には、僕は一度も行ったことがない。角ばった顔のレポーターが、犯人は逃走中であると告げた。

「この数か月の間に、この周辺で起こっている連続殺人事件の犯人による犯行の可能性が高いと警察はみているようです」

　その辺りでは、これを合わせて八件の殺人事件が発生していた。被害者は女性ばかりで、性行為が行われた後、殺されている。被害者の体内に残された精液のＤＮＡは同一人物のものだ、とレポーターは説明した。僕は、すっかり食欲をなくして食器を片づけた。エア・シャワーを浴びて工場内に入る。そして午後中、「悪魔の帽子」の組み立てに没頭した。

終業後、僕は市立図書館に行ってあの街の連続殺人事件に関する新聞の記事を読んだ。僕は新聞をとっていないし、テレビもあまり見ない。一か月ほど前に、あの地域の別のホテルで、四十二歳の主婦が殺されていた。写真はなかった。主婦は浴室で何者かに頭をバスタブに押し込まれて溺死《できし》していた。新聞の記事は、その主婦が出会い系サイトを利用して気ままなセックスを楽しんでいたことをそれとなく匂わせていた。その他の殺人に関する記事も丁寧に読んだ。人を殺す夢を見たのが何回か、もう正確には憶《おぼ》えていない。が、記事の内容と照らし合わせてみて、殺人の状況に思い当たるものがいくつかあった。

　これはいったい何を意味するのだろう。僕が実際にそれらの殺人を犯したり、見聞きしたりしたのでないことは確かだ。あの北関東の地域には行ったこともなかったし、そんな話を交わすような親しい友人もいない。

　僕には家族もいない。両親は僕が二歳の時に離婚し、僕は父親に引き取られた。仕事が忙しかった父は、幼い僕の面倒をみることが出来ず、児童養護施設に預けた。父が僕のことを気にかけていてくれたのは間違いない。頻繁に施設に会いに来てくれた。「新しいお母さんが出来て、お前の世話をしてくれるようになったら一緒に暮らそう」と父は口癖のように言っていた。だが、それが実現されることはなかった。僕が小学三年生の時に父は再婚したけれど、新しい家庭に僕は引き取られなかった。詳しい事情はわからない。新しい母も優しそうな人だった。父と二人で施設へ訪ねて来てくれたりもした。そのうち妹が次々と二人生まれた。新しい家庭は僕抜きでどんどん大きくなった。そして父とも疎遠になった。高校を卒業する頃に、最後に父と会った。その時に渡された父の住所のメモを、僕は今も持っている。しかし、そこにまだ父とその家族が住んでいるかどうか僕は知らない。

「悪魔の帽子」一個を組み立てるのに要する時間はきっかり二分十四秒。もちろん欠陥品は許されない。今、僕が担当しているのはリード・スイッチの取り付けだ。ガラス管の中に二本のリード片が封入されている。リード片の接点部分にはルテニウムという貴金属がメッキされていて、ガラス管の中には不活性ガスが入っている。この長寿命のスイッチを僕は回路基板の横に取り付け、配線をつなぐ。単調だが緻密《ちみつ》な作業を続けていると、体からふわっと自分の意識が抜けだしていくような感覚にとらわれることがある。工場の天井の辺りの中空から、作業をしている自分を見下ろしている妙な感じだ。けれどもこの感覚が僕は嫌いではない。「悪魔の帽子」という電子部品を愛しているのと同じくらい、僕はこの浮遊感が好きなんだ。

あの街の連続殺人犯が逮捕された。そのニュースを僕はやはり工場の食堂で見た。話題の事件だったので、テレビが見える範囲に座っている全員が、画面に注目していた。ざわざわとしゃべっていた作業員たちは、容疑者の顔写真が出た途端に凍りついた。その男の顔は、僕と瓜《うり》二つだった。長めの髪を茶色に染め、無精髭《ひげ》を生やしていたけれど、どこからどう見てもその写真は僕とそっくりだった。名前は「塚田《つかだ》賢一《けんいち》」と出た。僕の隣に座っていたＢ７班の本宮《もとみや》が、ゆっくりと首を巡らせて僕を見た。彼が口を開く前に僕は言った。

「いや、すごく僕に似てるね」

その間の抜けた口調に本宮は噴き出した。

「いやあ、世の中には似た人がいるもんですねえ！　僕はまた武井《たけい》さんが人殺しかと思っちゃいましたよう！」

同じテーブルにいた全員が笑った。僕も笑った。それからひとしきり、他人の空似の話になった。でもそれが他人の空似でないのは、僕はよくわかっていた。あれは僕の兄だ。

僕が双子の片割れだと知ったのは、高校に入学する時だった。児童養護施設の所長さんが、僕の戸籍謄本を見せてくれたのだ。所長さんは、両親が離婚した時に、兄を母が、弟の僕を父が引き取ったのだと教えてくれた。続けて「お母さんやお兄さんに会いたいか」と尋ねた。僕は即座に「いいえ」と答えた。それは本心だった。父を含めて、僕はもう家族に何も期待しなくなっていた。

でも、これはどういうことなんだろう。兄が次々と大勢の人を殺した。そして弟の僕がその殺人を夢の中で追体験した。双子の間には、そんな不可思議なつながりがあるのだろうか。しばらく考えた挙句、この不愉快な事実を忘れてしまおうと決めた。父以上に遠い存在の兄が裁判にかけられようが、死刑になろうが僕の知ったことじゃない。

三日後、工場を出ると大雨が降っていた。工場の中では外の天気がわからない。ろくに天気予報も見ない僕は時々、こういう目にあう。冷たい雨に打たれて駅まで歩くことを考えると憂鬱だった。ぼんやりと出口に立っていると、白い古びた乗用車が、すっと寄ってきた。

「武井君、乗って。駅まで送るわ」

ウィンドウを半分下ろしてナナコが言った。助手席には千夏が乗っていた。僕は礼を言って後部座席に乗せてもらった。車の中は暖房がむんむんと効いていて、二人の女の濡れた体の匂いが充満していた。僕は細くウィンドウを開けた。

「先に千夏っちゃんを家まで送るからね」

そう言ってナナコは駅の前を素通りした。千夏の家まではかなり距離があり、僕は車に乗せてもらったことを後悔した。

ようやく千夏を降ろすと、僕は助手席に移った。雨はますますひどくなってきた。ナナコはスピードを落として、ラブホテル街をぐるぐる回った。僕は、けばけばしいネオンサインが視界に入らないふりをした。とうとうナナコも諦《あきら》めてホテル街から出ると、倉庫が建ち並ぶ道沿いに車を停めた。

「千夏っちゃんがさあ――」

ナナコが助手席に向き直りながら言った。

「武井君ってホモじゃないかって言うのよ」

値踏みするように僕の顔を下から覗《のぞ》き込む。

「笑っちゃうでしょ？　あたし、絶対違うよって言ったんだけどね」

なぜなんだろう。その時、僕の体の奥深くで信じられないくらいの憎悪の感情が湧き起こった。僕は無言のままシートベルトをはずすと、運転席のナナコを座席に押さえ込み、その上にのしかかった。ナナコは嬉《うれ》しそうな表情を浮かべ、自分からシートを倒したが、その笑みはすぐに凍りついた。僕は乱暴にナナコの体をひっくり返して座面に顔を押しつけた。僕の手が後頭部を押し続けるので、ナナコは息が出来ずに喘《あえ》いだ。ナナコに欲情しているのではなく、激しい破壊衝動が僕を突き動かしていた。僕の怒りが頂点に達するのに同調するごとく、ペニスは熱くいきりたった。ナナコのスカートを背中までまくりあげた。戒めを解かれた彼女の頭が横を向き、大きく息をついた。

「ねえ、そんなに焦らないで」

ナナコが言いかけるのを、また強く押しつけた。ナナコは「グウッ」という声を出しておとなしくなった。「乱暴しないで」と言った夢の中の女の顔とだぶる。汗ばんだぶよぶよした肌が、僕ににちゃりとくっつく。僕はかまわずナナコのパンティを引き下ろした。太った女には似つかわしくない薄く透けた素材のパンティは、膝の辺りに引っかかった。僕はイライラとそれを引きむしったので、パンティはみすぼらしい布切れになってナナコの体のそばに落ちた。

シートの上で這《は》いつくばったナナコは、醜い四足の獣のように尻《しり》を持ち上げる。足の間の裂け目は、肉の襞《ひだ》の中に隠れているが、僕はそれを大きく開かせる。白い肌の中の爛《ただ》れた傷口のようだ。何とか体勢を整えようと身をよじるナナコの横面《よこつら》を僕は思い切り張り倒した。それきりナナコは動かなくなった。セックスをしているんじゃなく、力ずくで犯されているんだと、ようやく思い知ったように。獣の形に組み敷いたまま、僕は一気にナナコを刺し貫いた。僕が腰を動かすたびにナナコは「ヒィヒィ」と泣き叫んだ。とても快楽の声には聞こえない。彼女は、たがはずれたように凶暴になった僕を恐れていた。横向きになった顔は汗みどろで、化粧がどろどろと溶けていた。車の中は、ナナコの体臭と蜜《みつ》の匂いでいっぱいで窒息しそうだ。

　ナナコの泣き声を聞きながら、僕はナナコの中に熱い体液をぶちまけた。同時に自分の行為のおぞましさに吐き気を催した。今自分がつながっている女が途方もなく汚らわしいものに思えてきた。男を誘い、誰かれかまわず足を広げる女――。僕は後ろから両手をナナコの首に回した。もう何度も夢の中で繰り返した行為だ。目を閉じていても僕はこれを難なくやってのけるだろう。

　その時、ナナコのバッグの中で携帯電話が鳴った。一瞬、僕はそれに気をとられた。ナナコはガバッと身を起こすと、大急ぎで僕から離れた。僕の萎《な》えたペニスがぬらりと彼女から排出された。ナナコは素早くバッグの中に手を突っ込んだ。いつもの鈍牛のような彼女からは想像できない動きだ。携帯から漏れる「ナナちゃん、どうだったあ？」という千夏の声が僕の耳にも届いた。携帯を耳に当てながら、ナナコは声を詰まらせ、大量の涙を流した。涙はナナコの盛り上がった頬の肉を迂《う》回《かい》して流れ落ち、顎《あご》からポタポタとこぼれた。僕はのろのろと衣服を整えた。

携帯電話を切ったナナコは僕と目を合わそうとしなかった。無言のまま車を発進させた。ナナコがアクセルやブレーキを操作するたび、スカートの奥の剝《む》き出しの下半身から、精液の匂いが立ちのぼるような気がして、僕は目を逸《そ》らせた。黒い窓に見知らぬ男が映っていた。何の躊躇《ちゅうちょ》もなく暴力に身をゆだねて女を犯し、人を殺す凶暴な男の顔が。これは兄なんだろうか。それとも僕の顔なんだろうか。ナナコは駅で僕を降ろすと、一言も口をきかず去っていった。

翌日からナナコは無断欠勤をして、結局は工場を辞めた。別の補充員がB7班のラインに入った。僕はナナコが辞めたことよりも、彼女が抜けたせいで仕事がスムーズに運ばないことに苛立《いらだ》った。そのうち補充員の手際もよくなった。モーツァルトの音楽の中で、美しく性能のよい、完璧《かんぺき》な「悪魔の帽子」が次々と生まれていった。僕はその角のあるつば広帽子を組み立てている自分の姿を、宙に浮かんでうっとりと眺めていた。

その間にも僕の双子の兄の取り調べは進んでいて、時々ニュースでそれが流れた。

兄はこの一連の殺人は、自分がやったのではないと言い張った。冤罪《えんざい》を主張しているのではない。自分の中の別の人格がやったことだと言っているのだ。それを受けて、彼の精神鑑定が行われたが、兄の主張は却下された。

「そんなことを言って罪をのがれようとしたって、そうは問屋が卸《おろ》すかってんだ」

年配の作業員が、僕の隣で茶を啜《すす》りながら呟《つぶや》いた。僕はテレビ画面に映し出される僕そっくりの兄の顔を見ていた。殺人者の兄と同じ血が僕の中にも流れているんだ。ナナコに乱暴を働いてから、僕はそういうことをずっと考えていた。あの時ナナコの携帯電話が鳴らなかったら、と思うと背筋がぞっとした。そのうち兄のようにみさかいもなく多くの人を殺してしまい、やがては兄と同じ運命をたどるのだろうか。その思いは僕を心底震え上がらせた。僕の中に生まれた恐怖の芽を、どうやっても心の隅に追いやることが出来なかった。

兄には国選弁護人がついていた。僕はその弁護士に連絡をとった。

「君が弟か！」

弁護士は電話の向こうで声を上ずらせた。兄は自分が双子の片割れだと知っており、どこかに弟が生きているはずだと言っていたそうだ。兄を引き取った母はとっくの昔に亡くなったのだという。僕が兄に会いたいのだと言うと、弁護士は喜んだ。

「接見禁止が解けたところなんだ」と彼は言った。「だけど誰も会いに来ない。君が来てくれたら兄さんも喜ぶだろう」

僕とも疎遠になってしまった父が、兄に会いに行くとは到底思えなかった。今となっては僕が兄の唯一の肉親だ。だが僕は間違いなく死刑になるであろう兄を憐《あわ》れんで会いに行くのではない。兄に会って、あの悪夢のルーツを確かめたかったのだ。僕は休みを取って拘置所に兄を訪ねていった。あと二週間で裁判が始まるという時期だった。

「やあ！　やっぱりそっくりだな」

第二面会室という所で向かい合った兄はそう言って笑った。髪も短く切り、髭も剃《そ》っているせいで、写真で見ていた時よりもさらに僕に似ていた。陽気に笑い続ける兄を前にして、僕はなんと切りだそうかと迷った。僕らの間には透明なアクリル板があって、兄の笑い声は、アクリル板の下部に穿《うが》たれたいくつもの孔《あな》から漏れてきていた。僕はぼそぼそと兄と別れてからの自分の身の上を語った。僕が児童養護施設で育ち、今はもう父とも行き来がないのだとわかると兄はまた笑った。

「お前は運がいい」

言葉の意味を取りかねていると、彼は言った。

「あんなクソみたいな女に育てられるより、養護施設で育てられる方がなんぼかましだ」

そして吐き捨てるように言葉を継いだ。

「まったくひどい女だったぜ。俺たちの母親ってのはよ」

母は数年前に肝臓疾患が原因で死んだ。しかし兄に言わせるとアルコール浸《づ》けの生活から死に至ったらしい。

「あいつがシラフでいるとこなんて、一日たりとも見たことがないな！」

兄は続けた。

「酒浸《さけびた》りなんてかわいらしいもんじゃないぜ。幻覚、幻聴、しまいには大小便垂れ流し。それでも酒壜《びん》だけは手放せねえんだ」

僕は言葉を失った。兄はアクリル板の向こうでくつくつと笑った。

「死んだのは四十二の時だったけど、どう見ても六十過ぎの婆さんにしか見えなかったね」

そしてまた言った。

「お前は運がいい」

僕と同じ顔の男は、いかにも楽しそうに会話を続ける。僕との大きな違いは、話好きなことかもしれない。それとも死を前にして、異常な量のアドレナリンが分泌されているのか。兄は死んだ母親から受けたひどい仕打ちのことを早口でまくしたてた。ろくに働きもせずに男を引っ張り込む。六畳と四畳半だけのオンボロ長屋で、そんな母親のあられもない声を聞かされながら育ったこと。男とどこかにしけ込んで帰って来ない母を何日も待ち続けたこと。次々と替わる内縁の夫からのいわれのない暴力。極貧生活。周囲からの蔑《さげす》み――。兄の悲惨な育ち方を聞くと、なるほど僕は父に引き取られただけ、まだよかったのかもしれないと思った。

けれども面会時間は限られている。僕は兄の身の上話を聞きに来たわけじゃないんだ。兄の話が途切れたのをみはからって、僕は自分が見た夢のことを話した。なぜか兄が犯した殺人の様子を同時期に僕もありありと追体験したのだと。その話を聞くと、兄は「へえ！」と感嘆の声を上げて身を乗り出した。アクリル板に息がかかって白く曇るほどに。

「じゃあさ、お前の中にもあいつがいるんだな！」

「あいつ？」

兄は嬉しくてしょうがないというふうに顎の下で手を組んで僕を見つめた。僕はひどく落ち着かない気分になった。

「あのクソ女は飲んだくれたまま医者にも行かずに俺たちを家で産み落としたんだ。親父が留守の間にさ。これは酔っぱらったあの女が俺に話してきかせたことなんだが……」

兄の細まった目が僕を射すくめた。

「俺たちは双子じゃなかったんだ」

僕は意味がわからず首を傾げた。兄はまた喉の奥でいやらしく笑った。

「俺たちは三つ子だったのさ」

僕が面くらった顔をしているのを、兄は味わうようにじっくりと眺めた。

「だがあの女は、とてもじゃないが三人も育てられないと咄嗟《とっさ》に思ったんだとよ。親父の稼ぎが悪いからだとかなんとか俺には言ったけどよ、あいつは要するに育児なんて面倒くさいこと、はなからやる気がなかったのさ」

アクリル板の孔から漏れてくる兄の言葉は、瘴気《しょうき》のように僕にまとわりついた。その先の言葉を僕はもう予測していた。

「だから――」

透明な板の向こうの殺人犯は、黄色い歯を剝いた。いったい誰を威嚇しているんだ？

「あの女は一番チビで弱々しい赤ん坊を殺した」

僕は呻《うめ》き声を上げた。

「そして床下に埋めた。親父は今でも俺たちは双子で生まれたと思っているだろうな」

それだけしゃべると兄はふっと息を吐いた。またアクリル板が曇る。

「お前の下には弟がいたってわけさ。だがそいつは――」

兄はさらにぐっと顔を近づけてきた。知らず知らずのうちに僕は身を引いた。

「そいつは自分が死んだと思っちゃいないんだ」

僕は兄に会いに来たことを後悔した。

「奴は俺たちと一緒に成長したんだ。そいつはいつも俺かお前の中にいる。三つ子で生まれた時から、奴は俺たちと魂を共有していると勘違いしているのさ。自分の体はとっくに土の中で腐ってしまってるのによ」

僕の鼻《び》腔《こう》の奥にかすかな腐臭が忍び込んできた。

「気をつけろ。そいつはひどく邪悪な感情を持っている。奴には抗《あらが》えない。奴が俺の体を使って何人もの女を殺させたんだ。あいつは世の中に対する怒りと敵意に満ちている。とりわけ母親と同じように堕落した女を憎んでいる。奴は悪魔だ。そして―

――」

兄は僕を指差した。

「そいつは今、お前の中にいる」

僕は身を引きはがした。ふっと体が浮き上がる。工場で組み立て作業に没頭している時みたいに。僕は第二面会室の中で向かい合って座っている二人を見下ろした。僕の二人の兄だ。

なんだ、そうか。僕は死んでいたんだな。

僕はそのまま壁を通り抜けて廊下に出た。誰も僕に注意を払わない。廊下に下り立つと、ゆっくりと歩いて外に出た。歩きながら、長兄との会話を頭の中で反芻《はんすう》した。

「奴は悪魔だ」と言った彼の言葉はちょっと大げさだ。僕はひっそりと微笑む。拘置所の門のところで僕は次兄が出て来るのを待った。やがて兄が出て来た。顔色がひどく悪く、足元もおぼつかない。僕は兄の体の中にするりと入り込んだ。明るい光の中で目を細める。ふと手を見ると、僕は右手に帽子を持っていた。つば広のその帽子を僕は被った。

拘置所の塀に僕の影が映っていた。帽子からは二本の角が生えていた。

赤い薊《あざみ》

畳は柔らかく沈み込む。いくぶん湿った感じもする。

歩くたび、足裏に張り付いてくる感触が不快だ。志保里《しほり》は寝室の窓を開け放った。

「お父さん、時々は空気の入れ換えをしないとだめよ」

布団の上に座ったままの父、亨太郎《きょうたろう》は返事もせず、ぼんやりしている。その父を追いやって布団を上げた。その布団もじっとりと重い。縁側でつっかけを履こうとして、縁側の一部が腐っているのに気がついた。どこもかしこも湿気でだめになっている。

庭の物干しに布団を掛けた。庭も荒れ放題だ。志保里に言われて、弟の大輔《だいすけ》が草むしりをしている。

「きりがないよ。特にこの——何だっけ？」

赤い花をつけた草を指差して、大輔が尋ねる。

「薊だよ」塀の向こうから、隣に住む若松繁子《わかまつしげこ》が返事をした。「それは佐千恵《さちえ》さんが植えたもんだよ。ほら、赤い薊って珍しいから、一株どっかで見つけてきて」

「一株？ それがこんなに増えたのか。薊って雑草だろ？ だから強いんだな」

大輔は薊を引き抜きながら、文句を言った。赤い薊は庭いっぱいにはびこっている。

「あつつっ」大輔がつかんだ薊の束を投げた。「これ、トゲがあるんだよな」

「薊は『あざむ』っていう言葉が語源なんだって。驚きあきれるっていう意味。花を折ろうとするとトゲが指に刺さって驚くからなんだってさ」繁子が塀の向こうで笑った。

「薊っていう文字に魚が入っているのも、魚の骨がトゲを表してるからって聞いたわよ」

「何だよ、トゲだらけで嫌な草だな」大輔はぶつぶつ言った。

「あー、そう言えば赤い薊って、花言葉もあんまりよくなかった気がする」

志保里は縁側に腰を下ろして言った。記憶を探ってみたが、思い出せない。

母、佐千恵が死んでもうすぐ一年になる。来月には一周忌の法要を控えている。それに先立って、志保里と大輔は実家の片付けにやって来たのだ。母が生きていた時は、家の中も庭も掃除が行き届き、きちんと整えられていた。だが父は、家事一切を母にまかせて何もしない人だったから、この一年で家の中はひどい有り様になってしまった。

そっと振り返って父を見た。父の格好もひどいものだ。ろくな食生活をしていないのだろう。肉が落ち、薄くなった体はみすぼらしい。汚れたスウェットの上下を着て、それで一日中過ごしている。髭も剃らず、髪も伸び放題。志保里は嫌悪感に顔を背けた。

もともと父は、家庭をかえりみない人だった。若い時からギャンブル好きで、外に女を作ったことも何度もある。どれほど母に辛い思いをさせたことか。それを思うと、志保里は父に同情する気にはなれなかった。両親が始めた小さな文房具屋を継ぐことを嫌い、サラリーマンになった父だが、派手な遊びをするものだから、家にはろくに給料を入れなかったようだ。

母は義理の両親が亡き後、文房具屋を切り盛りして生活費を捻出した。おとなしい彼女は夫に文句を言うこともなかった。ただ黙って夫の世話をして、決して不自由な思いはさせなかった。それをいいことに、母が亡くなるまで、父は外で遊び回っていたのだ。母は自分をないがしろにする夫に仕え、黙って耐えていた。娘から見ても、もどかしいくらいに。

自分のことは後回しだった母は、大腸癌にかかったのに気づくのが遅れ、全身に癌細胞が転移して手遅れになって死んでしまった。亨太郎は最後まで、妻を労わる素振りを見せなかった。だから、すでに結婚して家を出ていた志保里も大輔も、一人暮らしになった父の面倒を小まめにみようとは思わなかった。

家内の些事《さじ》に煩わされることなく、好き勝手ができたのは、母が家庭をきちんと守ってきたからなのだが、今に至っても父は、感謝の念など毛ほども抱いていないようだ。こんな状況に追い込まれた自分の身の上を嘆き、腹立たしく思っているのが関の山だ。父は、老いた両親の世話も全部妻に押し付けていた。自分が年を取って弱っても、同じように妻に介護させるつもりでいたのだろう。彼の計画は大いに狂ったというわけだ。

「志保ちゃん、どう？　ちょっとうちでお茶でも飲まない？」

繁子に誘われて志保里は隣家に入っていった。陰気な実家にはいたくなかった。

「あのさ、これ、あたしの考え過ぎなのかもしれないんだけど、あんたには言っておこうと思って」繁子は茶菓子を用意しながら言った。「佐千恵さん、わざと病院へ行かなかったんじゃないかねえ」

湯呑を口に持っていきかけた手が止まった。ちょっとだけ逡巡した後、繁子は驚くべきことを口にした。近所のかかりつけ医が佐千恵の異変に気づいて、総合病院への受診を勧めた。佐千恵は医者の言に従って、総合病院で検査をしてもらったはずだと繁子は言う。

「だからさ、佐千恵さんは自分が癌だとわかってたんだよ。それなのに、治療を受けなかった。放っておけば命にかかわる病気だと、重々承知してたはずなのに」

志保里は絶句した。繁子は言葉を継いだ。佐千恵の死後、かかりつけ医の奥さんからそっと耳打ちされたそうだ。かかりつけ医は、総合病院で治療を受けているものだと思っていたという。これはどういうことだろう。母は自分から死ぬことを選んだのか。外面《そとづら》だけはよくて家では横暴な父に絶望して？

「ちょうど一年前のことだよ。ほら、佐千恵さんが庭に薊を植えた頃」

庭で草むしりをする大輔の頭が見える。縁側の奥では、まだぼうっと座っている父が黒い影になって凝り固まっている。母の死後、父は気楽で安泰な生活が続けられなくなった。今度久しぶりに帰って来て驚いた。父は廃人同様だ。あの快適な生活が一瞬にして消え去り、父はどんどん萎んでいってしまったようだ。庭にはびこる赤い薊に生気を吸い取られていくように。

志保里は軽自動車を運転して、実家に向かっていた。母の一周忌は翌日に迫った。結局、菩提寺で営むことにした。この前、一応実家は片付けた。風を通して家中を掃除し、不要なものは捨てた。庭の草むしりも大輔がやった。母が植えたという薊も、数株だけ残して後は抜いた。ゴミ袋六つにもなった。それでもあの家には、陰鬱さがまとわりついていた。

志保里は、この前繁子から聞いたことを考えていた。なぜ母は癌の治療を積極的に受けなかったのだろう。子供にも、もちろん夫にも告げずに一人で抱え込んでいたのはなぜだろう。最初に聞いた時、頭に浮かんだ自殺という考えは、志保里の中ではしだいに排除されていった。

計画的な死——次に浮かんだのは、それだった。これは母の夫に対する仕返しだったのではないか。あの放逸な生活を続ける夫が、一番こたえることは何か。それは自分が先に死んでやることだと結論付けたのではないだろうか。従順で口数も少ない自分を軽んじる男に驚きあきれた。そしてその先には静かなる憎悪があった。

母の心も長い時間をかけて細かなトゲで覆われていったのではないか。

実家が見えてきた。志保里は不吉な考えを振り払って、バックで庭に車を入れた。車から降りて息を呑んだ。庭一面が赤い薊で覆いつくされていたのだ。大輔が大方の薊を抜いたのは、二週間前だ。たった二週間でこんなに盛り返してくるとは。

縁側の板はすべてぐずぐずと崩れ落ち、濡れて腐った板の上にも薊が生えていた。

背筋が凍り付いた。恐る恐る掃き出し窓から家の中に入った。

「お父さん……」暗い寝室の中に目を凝らす。

「ヒッ！」志保里は尻餅をついた。

畳の上にも薊がはびこっている。何十本もの赤い薊が毒々しくつんつんと立っている。薊の群落は、布団の上にまでその勢力をのばしていた。盛り上がった布団がかすかに動いた。布団の上の薊がざわりと揺れる。父の顔がぐるりと回ってこちらを向く。真っ黒な眼窩《がんか》がぽっかりと二つ並んでいる。ゆっくりと開いた口も暗い空洞だ。この人は、生きながらにして死んでいるのだ。それだけは理解した。同時に赤い薊の花言葉を思い出した。

――復讐。

母はやり遂げたのだ。

空の旅

『快適な空の旅をあなたに』

青空をバックに飛行する銀色の機体と明るいキャッチコピー――。

二階出発ロビーにエレベーターで上がってきた麻祐子《まゆこ》の目に、航空会社の大きなポスターが飛び込んできた。視線を出発案内ディスプレイに移す。各目的地の横の運航状況欄には、「欠航」や「遅延」という文字がずらりと並んでいる。

ぐっと唇を噛《か》んだ。ここまで来て足止めを食らうとは。

諦め顔の乗客たちでごった返すロビーの真ん中で立ち尽くした。日没前なのに外は暗く、ガラスの向こうを雪が斜めに吹き飛ばされていく。滑走路も真っ白だ。昨日から寒冷前線が南下してきて、北日本は荒れ模様の天候になった。しかし、今朝見たフライト情報では、全便予定通り運航中とあったのだ。数時間で状況が一変したということか。

北陸にあるこの空港では、ままあることなのかもしれないが、麻祐子には馴染《なじ》まないものだった。夫、裕之《ひろゆき》の転勤について来て半年。陰鬱《いんうつ》な天候と同じように、麻祐子の心も沈んでいた。今日、ようやくこの地から離れることができるはずだった。北陸の小京都などと呼ばれることもある城下町。古い町並み、豊かな自然、日本海の幸、温泉――こっちに引っ越すと決まった時、実家の母に伝えると、「雪化粧の町はきれいだろうね」と呑気《のんき》に言ったものだ。

　そして今、その季節になった。ここはまるで氷の檻《おり》だった。夫が念入りにこしらえた監獄――。

　空港内のアナウンスが、滑走路の除雪作業が終わりしだい、運航を再開すると告げている。いったいどれくらい待てばいいのだろう。じりじりする気持ちで、麻祐子は再び出発案内を見上げた。さっきと表示は何も変わっていない。

　一刻も早くここから離れたかった。もう二度と家に戻る気はなかった。

　麻祐子は焦る気持ちを抑えて、周囲を見渡した。たいした知り合いなどいないけれど、誰かに見られるのではないかと怖かった。こんなところに突っ立っているわけにはいかない。人波に押されるように三階へ続くエレベーターに乗った。三階はレストランとショップが入ったフロアだ。そこも素通りして、もう一階上の展望ルームへ向かう。

眺望はきかず、飛行機の発着もない今は、展望ルームは閑散《かんさん》としていた。暖房の効きも悪い。それでも大勢の中にいるよりはましだ。麻祐子は暮れていく滑走路を見下ろせるベンチに腰を下ろした。隣のベンチには、まだ学生らしい若いカップルが座って缶コーヒーを啜《すす》っていた。

滑走路は二本。数台の除雪車が行ったり来たりしている。その様子を麻祐子は、ぼんやりと見ていた。滑走路の向こうに、鉛色の海が見える。海と滑走路の間の草地に、丸い石碑が建っていた。灰色の景色の中に溶け込んでいこうとしている石碑の上にも、雪が降り積もっているようだ。ただの雪の塊になろうとしている石碑は、四年前にこの空港で起こった航空機事故の犠牲者の霊を慰めるための慰霊碑だ。この地での生活が短い麻祐子でも、慰霊碑の由来は知っていた。

その日強い横風にあおられ、雪でスリップした着陸便が滑走路をはずれた。フェンスをなぎ倒し、草地を越えて機首が海に突っ込んだ。幸いにもそこで何とか持ちこたえたのだが、操縦士と副操縦士、乗務員用ジャンプシートに座っていたキャビンアテンダント一人と前列の乗客一人が命を落とした。

当時は四人の犠牲者たちのことが、繰り返し全国ニュースやワイドショーで流れたものだ。だから悲運に見舞われた四人の人となりは、なんとなくまだ憶《おぼ》えている。まさかそんな事故のあった土地に住むことになるとは思いもしなかった。

今、念入りに除雪作業を行っているのは、過去の教訓によるものだろう。仕方がない。なんといっても安全が第一だ。無事に逃げおおせますようにと、麻祐子は心の中で祈った。

「ねえ、知ってる？　ここの空港、出るらしいよ」

隣に座った女の子が連れの男の子に話しかけている。

「何が？」

男の子は、スマホから目を上げて彼女を見た。

「何がって、決まってるじゃん。何人も見た人がいるんだって」

「え？　まさか幽霊？」

男の子は、正面のガラスに向く。麻祐子もつい、彼の視線をたどって滑走路の向こうの慰霊碑を見た。すっかり雪に覆われたそれは、迫る夕闇の中、慰霊碑なのかどうかわからなくなりつつある。ただ闇が凝縮したように、滑走路の脇でじっとたたずんでいるのだった。

「知らないの？　ユウヤ。結構ツイッターで盛り上がってたんだよ」

女の子の話は続く。

「へ？　全然知らなかった。どうせはったりだろ？　この空港は怪談を仕立て上げるには絶好の場所だからなあ」

「えー！　そうかなあ」

「そうだよ。飛行機事故で人が死んだからって、そんなの出来過ぎだろ」

「だってさー、ほんとっぽかったよ。見たっていう人のツイッター」

「でっち上げてんだよ、目立ちたがりの奴《やつ》がさ。だいたい空港に幽霊なんて、似合わねえっつうの」

「だよねー。幽霊なんてのは、古いお屋敷だとか寂しい山道とかに出るもんだもんね」

二人は肩をぶつけ合いながら笑った。そしてコーヒーの缶を捨てに立ったまま、どこかへ歩き去った。

慰霊碑のある空港に幽霊譚《たん》――ありきたり過ぎる。それに亡くなった人たちを侮辱している、と麻祐子は苦々しく思いながら、男女の後ろ姿を見送った。若者たちは、そんな話題で盛り上がり、暇つぶしのようにSNS上で拡散させるのか。

あの年齢の頃、自分は何を考え、何をしていたのだろう。一番輝いていた時代に。

大急ぎで支度をする時に見た鏡に映った自分を思い浮かべた。三十九歳という年齢にふさわしい風貌だ。頬の肉は重くなり、ほうれい線が目立っている。ぷっくりと膨らんだ下瞼《したまぶた》や、眉間の縦皺《たてじわ》がもう若くないことを如実に伝えていた。

それでも少しでもきれいに見せたくて、丁寧にアイライナーを引き、口紅を塗った。

——何だってそんなに装う？　誰のために？

自分に問いかける声。答えはわかっている。耕太郎《こうたろう》のためだ。

ふっと体の中心が熱くなり、胸元に手を当てた。首に巻いたスカーフに触れる。薄い藤色のスカーフをじっと見下ろした。これは夫からプレゼントされたものだ。何でまたこのスカーフを巻いてきてしまったのだろう。耕太郎に会う時は、これははずしていこう。彼と落ち合うことになっているのは、二人ともが縁もゆかりもない南の土地。

その時が待ち遠しい。飛行機さえ飛び始めれば——。


夫、裕之と知り合ったのは、麻祐子が二十一歳の時だった。

東京の女子大に通っている時、花屋でアルバイトをしていて、裕之に見染められた。

花屋の店主と共に、配達に行った先に彼がいた。あるオフィスビルの会議室で開催された講演会で、演台の大花瓶に花を活《い》ける手伝いをしていたのだ。裕之は商社の総務部にいて、その講演会を主催する立場だった。

枝ものや蔓《つる》、たくさんの花を組み合わせて活ける見栄えのするもので、かなり時間がかかった。五十年配の店主は、生け花やフラワーアレンジメントの指導資格も持つ腕のいい花屋だった。決められた時間内に仕上げるために、手際のよい助手であった麻祐子は、重宝がられていた。

店主の意を汲《く》んできびきびと動く麻祐子を、裕之はじっと見つめていたらしい。

「ずっと君の動きを目で追っていたから、どんな花だったかは忘れてしまったよ」

後でそんなふうに言われた。会場で活け終わった時に飛んできて、見事な花のアレンジを大仰に褒《ほ》めたのに、あの賛辞は全部君に向けたものだったんだな、と結婚が決まった後、店主が笑ったものだ。

講演会の数日後に裕之が花屋を訪れ、二人の付き合いが始まった。

まだ子供だったのだ。八歳も年上の商社マンが魅力的な大人に見えた。裕之はハンサムで洗練されていたから、友人たちにも羨ましがられた。結婚を申し込まれた時に頷《うなず》いたのは、そんなつまらない理由からだったのだと後になってわかった。自分が彼を愛しているかどうかなんて、二の次だった。

見栄えのいい夫。安定した収入。華々しい結婚式。タワーマンションにかまえた新居。就職活動に汲々《きゆうきゆう》としていた友人たちを尻目に、それらを手に入れる優越感。今なら、そんなものに目がくらんだりはしないのに。

滑走路に降る雪は、ますます強くなってくる。もう海も慰霊碑も見えない。ターミナルビルそのものが、雪の中に沈んでいく感覚に襲われた。このまま雪に埋もれてしまい、どこへも行けないのではないかという恐怖――隔絶された冷たい世界。

眩暈《めまい》がした。両手でぐっとベンチの縁をつかんだ。足止めを食らったばかりに、バカなことを考えるものだ。私はもう昔の私じゃない。世間知らずで未熟で甘やかされた女じゃない。自分の足で歩いていこうと決めて、ここにいるのではなかったか。

夫を捨てて愛人の許《もと》に走ろうとしている自分が誇らしかった。

裕之は優しかった。誕生日や結婚記念日には必ずプレゼントをくれた。このスカーフもその中の一点だ。子供には恵まれなかったが、そんなことを気にする素振りはなかった。

「麻祐子がいてくれたら、それでいいんだ」

裕之の口癖だった。

その本当の意味に気がつくのは、結婚五年目の頃だった。裕之には、十一歳年上の従姉《いとこ》がいた。ばりばり仕事をするキャリアウーマンで、シングルマザーで高校生の女の子を育てていた。

友里恵《ゆりえ》という名前の従姉は、裕之の父の姉の子で、子供の頃から利発で美人で一族の自慢の娘だったという。国家公務員試験に合格し、厚生省に入省して出世した。未婚で子供を産んだのは、二十八歳の時だが、それを恥じることなく、仕事にますます身を入れたので、誰も彼女を誹《そし》ることはなかった。友里恵の両親が孫の面倒を見ていたから、彼女は何も心配することなく仕事に打ち込めたのだった。

裕之は、東京本社から名古屋《なごや》支社に転勤になった。夫婦で名古屋に移った。その頃から裕之に変化が見られた。イライラして落ち着かず、ちょっとしたことで麻祐子に当たるようになった。最初は本社から支社へ異動させられて腐っているのだと思った。ずっとエリートコースを歩んできた裕之だったから、きっとプライドを傷つけられたのだろうと。

苛立《いらだ》って罵《ののし》られたり、つまらないことがきっかけで手を上げられたりしても麻祐子は耐えた。これも一時的なものだろうからと、彼の気持ちをなだめるように心がけていた。それでも家の中は、常にぴりぴりした雰囲気だった。

鬱々と黙り込んでいたかと思うと、急に怒鳴り始めて麻祐子が用意した食事をテーブルからすべて払い落とした。止めようとした麻祐子を突き飛ばし、足蹴にした。喚《わめ》きたてる夫は、まるで子供だった。今まで知らなかった顔を見た気がした。

月に一度か二度は本社に出張があり、裕之が留守にする二、三日が、麻祐子にとっては安らぎの時になってしまった。帰って来ると、しばらくは機嫌がよく落ち着いているので、やはり東京本社に戻りたいのだろうと思った。また異動で本社勤務になれば、元のように優しい夫に戻るだろうと安易に考えていた。

だが、麻祐子が推測したような簡単で甘いことではなかったのだ。

裕之は東京で友里恵と会っていたのだった。出張ではなかった。そんなに頻繁に本社に呼ばれるほどのポジションに、裕之は就いていなかった。友里恵と裕之は、結婚前から深い仲だった。のみならず、友里恵が産んだ子の父親は裕之だったのだ。そのことは、ごく限られた親族間で共有する秘密で、慎重に伏せられていたのだ。

友里恵が妊娠した時、裕之はたった十六か十七歳だったわけだ。結婚する気などさらさらないが、子供は欲しかった友里恵は、周囲の反対を押し切って出産した。友里恵は、キャリアウーマンの上に母親という望み通りの呼称を手に入れた。思い通りに自分の人生をデザインして。その後も裕之との関係は続いていた。

友里恵と夫婦になることは諦めた裕之だが、彼女と別れることはできなかった。親族間で黙認された関係は、ずるずると続いた。彼は友里恵に会うために東京に戻っていたのだ。従姉という年上の愛人と体を重ねるために。

　友里恵も長年、それに応じていたというわけだ。彼女にとっては、聞き分けのない十代の少年のままの従弟《いとこ》。あるいは時折もてあます己の肉の欲望を癒す相手として。愛し合っていたわけではない。ただ馴《な》れ親しんだ同士の独占欲はあった。裕之が周囲に促されて、ただ結婚という体裁を取るために麻祐子を選んだ時、友里恵はこう言ったそうだ。

「いいわ。そうしなさいよ。だけど裕ちゃん、私とまだ寝たいんだったら、結婚相手との間には子供を作らないで。そうしたら、許してあげる。今まで通りの関係も続けてあげる」

裕之は嬉々《きき》としてそれに従った。彼はパイプカットの手術を受けた。

　おぞましい事実を知った麻祐子は、すぐさま離婚を考えた。当然のことだと思った。だが、裕之はそれを許さなかった。

「僕くらいの男なら愛人がいたってどうってことないだろ？　それがたまたま従姉だってことだよ。子供がいないことについては、お前だってそれでいいって言ったじゃないか」

　身勝手な言い分だ。とにかく裕之は、落ち着いた家庭を持ったひとかどの人物だと自分を演出するために麻祐子と結婚したのだ。それはとりも直さず、友里恵との関係を恒常的に続けていくという態勢固めでもあった。

裕之は、麻祐子に外部との接触を禁じた。もとより麻祐子には、親しい友人などいなかった。早々に結婚してしまったことで、学生時代の友人とは疎遠になっていたし、結婚後は内向的な性格に拍車がかかり、新しい交際を始めようとも思わなかった。どこへ行っても、ただうわべだけの付き合いを繰り返していた。

実家も既に父親は亡くなり、体の悪い母親は兄夫婦と暮らしていた。とても真実を告げることはできなかった。誰にも相談できなかった。それを狡猾《こうかつ》な裕之は見抜いていた。ますます麻祐子を孤立させ、自分に従うように仕向けた。

何とか抗《あらが》おうとする麻祐子を言葉で論破し、力で制した。携帯電話は常時チェックされ、気に入らないことがあると、狂ったように暴力を振るう。

「離婚したいとは、今後一切言いません」という念書まで書かされた。大書きした念書を床に置き、その横で全裸で正座させられた写真まで撮られた。しだいに麻祐子の精神は、夫の支配下に置かれるようになっていった。彼の言うことを聞いていれば、間違いない。危害も加えられず、平穏に暮らせるというふうに。もともとそういう精神構造の持ち主だったのかもわからない。諦めること、従うことが自分の身を守る最良の手段だった。

そうやって妻を作り変え、裕之は友里恵に会いに行くのだった。きっとあの写真と念書を従姉に見せて、笑い合っているのだろうが、もうたいして心は動かなかった。情動を押し殺し、無感動で生きていく癖がついてしまったのだ。時の流れすら、もうよくわからなかった。苦痛で耐えがたい一年をやり過ごしてしまうと、後の年月は惰性で流れていった。

そんな麻祐子がつまらないのか、裕之は気まぐれに妻を嬲《なぶ》った。心は殺していても、体の痛みだけは強烈で、麻祐子は泣いて許しを乞う。それが裕之にとってはこの上もない喜びになる。歪《ゆが》んだ性癖だ。性欲は五十歳を超えた友里恵に向けられ、妻はＤＶの対象でしかなかった。

しだいに麻祐子は、裕之から離れるという選択肢を放棄してしまった。

そんな時に会ったのが、耕太郎だった。

夫によって管理された生活の中で、麻祐子の唯一の楽しみが図書館に通うことだった。日がな一日、市立図書館に入り浸って本を読んでいた。一度図書館へついて来て、誰とも交流することがないと確かめた裕之は、これを許した。暴力を振るっても、人目に触れる部分には傷をつけないという慎重な裕之によって、麻祐子の置かれている環境は、誰にも知られることはなかった。

　耕太郎とは、図書館で出会った。長い間、言葉を交わすことなく、お互いを図書館の常連という認識でいた。

　なぜ平日の昼間に、若い耕太郎が図書館に足しげく通って来られるのか。彼は図書館のすぐそばで喫茶店を営んでいるのだった。図書館の帰りにふらりと立ち寄った『グリーンベル』という喫茶店。そのカウンターの中に見知った顔があるのに、麻祐子はつい微笑《ほほえ》んでしまった。

　耕太郎に、ただ本好きという共通項を見出《みいだ》しただけではない。人と接することに怯《おび》え、自ら壁を作ってしまうような彼の性格を麻祐子は見抜き、自分と似ていると思った。『グリーンベル』は亡くなった両親から受け継いだもので、耕太郎自身はよそで働いたこともなく、親しい親戚も友人もいない、ということを聞き出せたのは、喫茶店に通うようになってから五か月も経《た》ってからだった。

「開けてたって、たいして儲《もう》からない」と彼が言う通り、いつ行っても客の少ない店だった。だから、耕太郎は気まぐれに「休憩中」の札を出して図書館に通うのだった。大通りから少し入った場所にある『グリーンベル』で、端整な顔立ちの店主と少しだけ本の話をする、ということが、麻祐子の日常に加わった。

麻祐子より二歳年下だという耕太郎は、携帯電話も持たないというほどの孤独な男だった。臆病で自分に自信がなく、欲もない。変化のない生活を愛していた。ただ読書だけが、彼の世界を広げているのだった。伏し目がちで言葉数も少ない耕太郎との穏やかな関係を、麻祐子は好んだ。言葉を交わすようになってからも一年以上、そんな淡白な関係のままでいた。

誘ったのは、麻祐子からだ。

ある本の話になり、店の階上にある住居部分に足を踏み入れた。耕太郎の本棚を見て、彼の性格がわかった気がした。無垢《むく》で潔癖で一途《いちず》——。気に入った作家の小説をとことん追いかけていくところは、やや思い込みの激しいところがあるのかもしれない。

耕太郎を男として意識した。夫と、彼が作り上げた狭い場所しか知らない麻祐子は、新しい世界に足を踏み入れた気がした。何度か耕太郎の部屋へ上がるようになっても、耕太郎は店にいる時と同じ態度を崩さなかった。向こうも麻祐子を好いているだろうに、そういうことはおくびにも出さなかった。

本棚の前で一冊の本を手に取り、ページを繰る耕太郎の背中に体をぴったりと寄せた。そのままの格好で寄り添っていた。セーター越しに耕太郎の体温が感じられた。

それだけで満たされた気がしたものだ。

耕太郎が振り向いて、麻祐子を抱き寄せるまでに、二か月ほどもかかった。女性だけでなく、誰とも深く付き合うことのなかった耕太郎にしては、上出来だったのかもしれないが。

肉体だけでなく、まず精神でつながっているということの安心感。寂れた喫茶店の二階で、二人はゆっくりと愛をはぐくんだ。名古屋に来て、七年もの月日が流れた後のことだった。

一度結ばれると、耕太郎は麻祐子にのめり込んだ。麻祐子が人妻だということは初めから知っていた。喫茶店に通い始めた頃にそのことは話題にしたから。それを承知の上で一線を越えたのだ。世間的に許されない恋だという自覚は、お互いに持っていた。

「このままでいいよ。麻祐子さんとこうしていられる時間があるだけで」

初めはそう言っていたのに、麻祐子の夫のこと、二人の暮らしのことを聞きたがった。本当のことは到底口にできなかった。麻祐子は、真っすぐに自分に注がれる耕太郎の情熱に身をまかすことで満足した。誘いをかけた麻祐子の方が戸惑いを感じるほど、耕太郎は生真面目で情強《じょうごわ》なところがあった。ひとつのことを思い詰めると、静かな激しさを燃やす男だと知れた。読書の傾向も、人の愛し方も。

耕太郎と情を交わすにつれ、一人では考えつかなかった夫と離れるという選択肢が、彼女の中でしだいに大きくなってきた。

ぽつりぽつりと麻祐子が語った身の上話に、耕太郎は息を呑《の》んだ。麻祐子の置かれた環境に驚愕《きょうがく》し、憤り、涙を流した。まさかそこまでの反応が返ってくるとは思っていなかった。耕太郎の反応を見て、いかに自分が異常な状況に身を置いていたのかがわかった。

――かわいそうに。かわいそうに。麻祐子さん。僕がきっとどうにかしてあげるよ。

あの時、耕太郎が口にした言葉が、今も麻祐子の頭にこびりついている。

そして今日という日を迎えた。あの一言が始まりだった。

半年前に裕之は名古屋からこの街に転勤になった。耕太郎とのことが知られたわけではない。裕之は長年の麻祐子の従順な態度を見て、すっかり安心しきっていた。北陸に移ってからも夫は東京に通い続けた。もう五十も後半を迎えた従姉に会いに。二人の間に生まれた子も、三十歳になって結婚していた。友里恵は、ますます自由奔放に生きていた。

　名古屋を発《た》つ前にこの計画はできていた。どこにも漏れる心配はなかった。携帯を持たない耕太郎とのやり取りは、もっぱら固定電話だったから、いくら夫がスマホをチェックしても知られなかった。それでも用心して、公衆電話から『グリーンベル』にかけた。あの懐かしいカウンターの中で、耕太郎が受話器を取り上げることを想像すると、泣きたいような気分になった。

「どうやったらあなたを救ってあげられるんだろう」

　離れ離れになる前、一枚のシーツにくるまりながら、耕太郎は言った。

「無理だわ。あの人から逃げられるとは思えない。執念深い人なのよ」

「あなたをこんなに蔑《ないがし》ろにしているのに？」

「私が自由に生きるなんて許さない。どこまでも追いかけてきて連れ戻される。あの人が生きている限り、私たちは一緒になんかなれないのよ」

「そんなことない。僕が絶対あなたをこの地獄から救い出してあげる。僕の方こそ、許せないんだ。あなたをそんなひどい目に遭わせた男が」

　耕太郎が立てた計画はこうだ。

　まず麻祐子が裕之の前から姿を消す。打ち合わせてあった土地に落ち着く。耕太郎はそれを確認してから、裕之に会いにいき、話をつけるというものだった。夫がどんなに怒り狂っても、もう麻祐子は自分の手の中にはない。激することなく淡々と話せば、そのうち裕之も諦めて離婚に応じてくれるというのが耕太郎の見立てだった。

とにかく行動を起こすことが肝心なのだ。妻に愛人があったことで夫が憤慨することは目に見えている。が、彼の方が先に不貞を働いているのだから、分が悪い。絶対に説得してみせると耕太郎は緊張した面持ちで言った。

すんなりとことは運ばないだろうと思った。裕之はそんなに甘い人間ではない。しかし、これが最後のチャンスだと思えた。耕太郎が力を貸してくれるのだから、それにすがるしかない。耕太郎は麻祐子とならどこででも生きていけると言った。離婚が成立したら、『グリーンベル』も手放して、見知らぬ街で生きていくと。

アナウンスが、滑走路の除雪作業が完了したことを告げた。順次、運航を開始するという。ほっと肩の力が抜けた。今日中にはここを離れることができるだろう。夫が妻の不在に気がついて、空港に捜しに来たとしてももう遅い。家から空港までかなりの距離があるし、雪道に慣れていない裕之は、ここでは車の運転を諦めている。

そう思うと、急に空腹を感じた。先は長い。無事に目的地に着くまでは、淡々とやれることはやっておこう。麻祐子は立ち上がって一階下のレストラン街に下りた。

人々は同じことを考えるのか、どの店も混んでいた。蕎麦《そば》屋の隅に空席を見つけ、腰を下ろした。二人席だった。ここも急に混んできた客をさばくのに大わらわだ。柱の陰になって厨房《ちゅうぼう》からは見えにくいのか、なかなか注文を取りに来ない。

声を上げて注意を促すのがためらわれ、麻祐子はぼんやりと外を眺めていた。自分が乗るべき便が出るのはまだまだ先だろう。急ぐことはない。店の外の通路をパイロット二人と、ＣＡが通っていった。滑走路の準備が整い、空港の中の動きも慌ただしくなってきた。

しかし、ここも展望ルーム同様、暖房の効きが悪い。吹雪《ふぶき》に閉ざされた空港は、何もかもが陰鬱で寒々しい。早く暖かな南の土地へ行きたかった。

そうこうするうちにテーブルの向こうに誰かが立った。

「ここ、よろしいでしょうか」

顔を上げると、品のいい老女が立っていた。

「ええ、どうぞ」

相席も仕方がない。「助かったわ」と言いながら向かいに腰を下ろす老女を見た。

「よかったですねえ。飛行機が飛ぶようになって」

愛想よく笑いかける老女に曖昧《あいまい》な笑みを返した。誰とも話す気分にはなれなかった。

麻祐子が頑《かたく》なな態度を取るのにもお構いなしに、相手はしゃべり続ける。

「どちらまで？」

「大阪へ」

乗り継ぎで一旦大阪の伊《い》丹《たみ》空港へ降りるから、あながち嘘《うそ》ではない。

「そうですか。私は三時間前に広島から着いたの。いくら待っても迎えが来ないから、お腹《なか》が空《す》いちゃって」

そうすると、三時間前までは滑走路は閉鎖されていなかったということか。もう少し早い便にしておけば、今頃は伊丹空港で乗り換え便を待っていたことだろう。

「ほんと、何をしているのかしらね」

「きっと道路も雪で交通規制がかかっているんでしょう」

当たり障りのないことを口にした。

「ああ、そうか。そうよね。こんなに雪が積もるなんて、予想できなかったんですものね」

大仰にため息をつく。それで会話が途切れることを祈ったが、人懐っこい性格なのか、老女は口を閉じない。

「孫に会いに来たんですよ。明日は孫娘のピアノの発表会なもんでね」

相手が何も答えないことも、意に介さない。

「私があの子にピアノの手ほどきをしたの。私、音楽教師をしてたから。そうしたらめきめき上達して驚いたの。凄《すご》く才能のある子だって」

何をどう答えたらいいものか。到底愛想よく話を合わせることなどできない。温厚そうな老女には、おしゃべりの相手が、夫から愛人の許に走ろうとしている人妻だとは想像もつかないだろう。

「私は夫にも先立たれて一人暮らしだから、もう楽しみは孫娘のことしかないのよ」

「そうですか」

ようよう答えた一言に、老女はにっこりと微笑んだ。

「あなた、何を注文されたの？」

「いえ、まだ――」

「そうなの。ここに私たちが座っていること、向こうからは見えないんでしょう。それとも忙し過ぎて後回しにされたのかしら。私が注文してくるわ。あなた、何にします？」

「いえ、私が――」と奥側の席から立ち上がりかけた麻祐子を、老女は手で制した。

結局、彼女に勧められるまま、なめこ蕎麦を注文することにした。それがこの地方の名物らしい。そんなことも知らなかった。

カウンターまで行って、戻ってきた老女はまた話し始めた。才能のある孫娘のピアノの発表会を前に、気分が高揚しているのだろう。とうとう麻祐子も諦めて話に付き合うことにした。裕之が連れ戻しに来るのではないかと怯え、耕太郎がうまくやれるかと気を揉《も》むのに疲れた。誰かと話していた方が気がまぎれる。

それにしてもこの寒さはどうにかならないのか。足下から冷気が這《は》い上がってくるようだ。向かいの老女は、そんなことは寸分も感じていない様子だ。

「ピアノも私が買ってやったのよ。娘夫婦は、あの子はピアニストになんかなれないって頭からそう決めつけていたんですからね。でも最近は、お母さんの言うことが合ってたわ、なんて言ってるわ。明日の発表会を見れば、絶対に音大にやろうと思うでしょうね」

「それは――」ひりついた喉の奥から言葉を引っ張り出した。

「それは楽しみですね」

老女は大きく頷いてぐっと身を乗り出した。つい椅子ごと体を退《ひ》いてしまう。足下に違和感を感じて、そっと下を見ると床が濡《ぬ》れている。動かした麻祐子のパンプスが、びちゃりと嫌な音を立てた。床を清掃した時の水が溜《た》まったままなのか。道理で足下が冷えると思った。

「発表会用のドレスをね、買ってやって持って来たから、早く会って着せてみないことには――」

老女のおしゃべりは続いている。うつむいて、足下に置いた荷物の中を探る。

「孫はピンクとかオレンジとか、女の子らしい色は似合わないのよ。本人も結構シックな色を好むしね」

まさか、ここで孫娘に買ってやったドレスを取り出すのか。さすがにうんざりした。この蕎麦屋に入ったことを後悔する。そんな麻祐子の気持ちを察する様子もなく、老女は店名の入ったビニール袋を取り出し、その中から濃紺のドレスをさっと持ち上げた。

「ほらね！　いい色でしょう？」

シルクサテンの上にチュールを重ねたそのドレスを見て、麻祐子は息を呑んだ。麻祐子の前に掲げられたドレスは、ぐっしょりと濡れていた。ぼたぼたとひっきりなしに水滴が落ちてきて、テーブルの上を流れる。テーブルから滴った水は、床の水の上に落ちる。びちゃびちゃと気味の悪い音が増した。見ると、床の水は老女の椅子から垂れてきているものだった。ぷんと海水の臭いがした。

麻祐子はゆっくりと顔を上げた。老女は濡れそぼったドレスを下ろし、丸めてビニール袋にしまった。老女の洋服も濡れて体にぴったりとくっついている。

麻祐子の口から「ああ」と呻《うめ》き声が漏れた。

どうしてこれに気がつかなかったのだろう。四年前の飛行機事故で亡くなった、唯一の乗客。あれはたしか七十代の女性だった。たまたま前から二番目の窓側の席に座っていて逃げ遅れ、流れ込んできた海水で溺死《できし》したのではなかったか。

不運な女性が事故に出くわした顚末《てんまつ》は、繰り返しニュースで流れた。中学生の孫娘のピアノの発表会を見るために、広島から娘夫婦の家を訪ねるところだったと。その孫娘が泣きじゃくっている姿もカメラはとらえていた。

「私にピアノを教えてくれたのは、おばあちゃんなんです」

「母は音楽教師をしていて、すごく期待してくれてました。この子にピアノも買ってくれて――」

寄り添う母親もそうコメントしていた。

――ここの空港、出るらしいよ。

さっき展望ルームで耳にした噂《うわさ》話が蘇《よみがえ》ってきた。

まさか――まさかこんな時に。麻祐子は、目の前で穏やかに微笑んでいる老女を、穴のあくほど見つめた。あまりにも鮮やかにそこに存在しているこの世ならざる存在を。

　カラカラになった喉からは、何も言葉が出てこなかった。

　老女は濡れた髪をそっと押さえ、肩をすぼめるように小さくなっている。急に周囲の音が遠ざかった。別のテーブルで交わされていた会話も、厨房からの調理の音も、蕎麦をトレイに載せて運ぶ店員の足音も、何もかも。

「ごめんなさいね。驚かせてしまったかしら」

　席を立とうとしてふらついた。また椅子に腰を下ろす。全身が小刻みに震えた。

「なめこ蕎麦の注文は通ってないわ。悪いけど。私の姿はあなた以外には見えていないから。あれ、ほんとに美味《おい》しいんだけど」

「なぜ――？」

　それだけ、ようやく口にした。

　その時、麻祐子が乗る予定の大阪便の案内がアナウンスされた。

「行かなくちゃ、私」

　また腰を上げようとするが、足に力が入らない。

「行かなくていいのよ」落ち着いた口調で老女は言った。

「あなたはあの便に乗らないでいいの」

それからちょっと考えて付け加えた。

「ご主人が連れ戻しに来ることもないから、安心して」

テーブルの縁をつかんだ麻祐子の手に自分の手を重ねようとして、迷った挙句《あげく》引っ込めた。

「なぜ——？」もう一度同じ言葉を繰り返す。なぜこの人は、私の抱えた事情を知っているのだろう。そんな麻祐子の心を読んだように老女は微笑みかけてくる。

「あなたは恋人と暮らすつもりなんかないんでしょう？」

きっと、これ以上ないというほど目を見開いて相手を見たと思う。

「恋人でもない。あなたはあの人を愛してなんかいない。そうよね？」

寒い。老女から溢《あふ》れてきた海水に引き込まれる。

耕太郎と知り合って言葉を交わすようになって、彼の利用法を思いついた。この純朴な男をうまく使えば、裕之に復讐《ふくしゅう》できるのではないかと。長い時間をかけて、麻祐子は計画を練り、実行した。

誰とも親しく交流することのない、親戚も友人もいない耕太郎。携帯電話すら持っていない孤独な男。恋愛にも慣れていない彼なら、自分にぞっこんになるだろう。人妻との恋に夢中になり、抜け出せなくなるに違いない。

だから――耕太郎を、誘惑した。

裕之と友里恵に復讐がしたかった。長年にわたり、自分を嬲りものにし、嘲《あざけ》った二人に。夫に対する憎しみを育てることだけが、凄絶な環境に置かれた麻祐子を支えてきたのだ。

耕太郎は一途で思い込みの激しい性格だった。純粋なだけに、心を操るのは簡単だった。

耕太郎と密《ひそ》かな愛をはぐくむ振りをしながら、自分の身の上話に引き込んだ。思惑通り、彼は義憤を感じて麻祐子を救い出したいと口にした。

――あなたでは無理。到底太刀打《たちう》ちできる相手ではないわ。

――もうあなたには会えない。遠く離れてしまったら、連絡もできない。夫はますます私を意のままにする。

――あの人が生きている限り、私たちは一緒になんかなれないのよ。

『グリーンベル』の二階で、耕太郎の耳に囁《ささや》き続けた言葉。自分の中にあった裕之への殺意を耕太郎に植え付けた。長い時間をかけて。

裕之を殺すことは、すなわち友里恵から、都合のいい愛人を奪うことにもなる。そう考えると、体が震えるほどの喜びを感じた。

「私はね、よく孫娘と賭けをしたものよ。学校の音楽会で伴奏の役に誰が指名されるか。ピアノのコンクールで入賞できるかどうか。ほんの小さな賭け」

そうだ。これは賭けなのだ、と麻祐子は思った。耕太郎が私の意を汲んで、裕之を殺してくれるかどうかの賭け。私が直接頼んだわけではない。すべては耕太郎の心しだいだった。

麻祐子が裕之から逃げて、あらかじめ決めた場所に着いた後、耕太郎は裕之に会いにいく手はずだった。彼はただ話しにいくと言ったが、果たしてそんな穏やかな会見で終わるだろうか？　夫とその妻の愛人との話し合いが？

裕之が逆上するのは目に見えていたし、耕太郎も秘めた殺意を持って赴くはずだった。愛する女を長年いたぶり、苦しめてきた男に対して。

麻祐子はただ待っていればよかったのだ。

——あの人は、見境がつかなくなると、何をするかわからない。あなたの身にも危険が及ぶかもしれない。

それでも耕太郎は会いにいくと言った。あの時の彼の瞳の中に、昏《くら》い決意を見た。

もう少し。もう少しで私の望んだ通りのことが起きる。

耕太郎が首尾よく夫を殺してくれたら、麻祐子はさっさと約束の場所から別の土地へ行くつもりだった。

追いかけてきた耕太郎は、愛する人がいなくなったことに気づくだろう。それからどうするだろう？　残りの人生を喫茶店の店主として索然と過ごすだろうか。万が一、耕太郎の犯行だと知れて彼がすべてを自白しても、あの人に私が夫の殺害を依頼したなんて証拠はひとつもない。すべては彼の妄想の産物でしかない。あるいは人妻に恋情を抱いた男の暴走ととらえられるか。私は自由に生きていける。家に戻って、悲運の未亡人を演じてもいい。友里恵を今度こそ、嘲弄《ちょうろう》してやれる。

なのにこんなところでつまずくなんて。ここで非業の死を遂げた異形のものに出くわして――。

こんなことって――。

「あなたは賭けに負けたのよ」

ぽつりと老女が言った。もうたくさんだ。さっさとここを出よう。そう思うのに、根が生えたみたいに椅子に座り続けている。またガラス窓の向こうを制服姿のクルーが通った。

「まだわからないわよ」ぐっと相手を睨《にら》みつけた。「飛行機さえ飛べば。私が安全な場所に逃げさえしたら。あの人はきっと夫のところへ行くはず。そして――」

「いいえ」静かに老女は麻祐子の言葉を遮った。「あなたの計画は、ご主人に見破られていたのよ。あなたのちょっとした仕草や言動から、不穏な何かを嗅ぎつけた。今日、ご主人は会社を早退して帰ってきて――」

冷たい海水が、麻祐子のパンプスの中にまで浸《し》み込んできた。どうしようもなく震えた。寒いだけじゃない。その先の言葉を聞きたくない。

「あなたは旅支度を整えて、家を出る直前だった。ご主人は怒り狂ってあなたに跳びかかったの」

「ああ……」

――何だってそんなに装う？　誰のために？

あれは裕之が投げつけてきた言葉だった。鏡越しに彼を見て震え上がったことを思い出した。

「本当に見境がつかなくなる人だったわね。気の毒に。あなたは、その――」

老女は指で麻祐子の首元を差した。麻祐子はゆっくりと視線を落とした。不格好に絡まった藤色のスカーフ。

そうだった。こんなスカーフを巻いてくるはずじゃなかった。これは裕之が手に取って、私の首に巻き付けたのだ。そして思い切り――。

「あなたの思いは遂げられたのかしら。ご主人は殺人犯になって、愛人から遠ざけられるわけだから」

麻祐子は乱暴にスカーフを解《ほど》いて、テーブルの上に投げ出した。露《あら》わになった首筋には、絞められた痕《あと》がくっきりと残っているはず。スカーフが食い込んだ痕をそっと手でなぞる。

「私……」後の言葉が続かない。

老女は、場違いなほど慈悲に満ちた笑みを浮かべた。そして、すっと顔を逸《そ》らせてガラス窓を見た。暗いガラスには、店内の喧騒《けんそう》が映っていた。慌ただしく出入りする客。テーブルに向かって黙々と蕎麦を啜る客。忙しく働く店員。だが、一番手前に映っているべき老女と麻祐子の姿はなかった。

「私……」

「こういう場所にはね、あなたみたいな人が集まってくるのよ。駅とか空港とか港とかってところにはね。あなたのように、ここからどこかへ行くつもりだった人はもちろん、行き場をなくしてさまよう人がね。どこかへつながる場所だからかしら」

ゆっくりと老女は頭《こうべ》を回《めぐ》らせて麻祐子に向き直った。

「自分が死んだことが受け入れられないのね」

その言葉が、麻祐子の体に楔《くさび》のように打ち込まれた。ようやく麻祐子は気づいた。店のガラス窓の向こうは通路ではない。闇に沈んだ滑走路に向いた窓だ。第一、この階はレストラン街だ。航空機のクルーが通るはずがない。さっきのあれは――？

パイロット二人とCA。老女と一緒に事故死したクルーだ。

「こんなことになってお気の毒だけど、もう受け入れなくちゃ。ここにいつまでもいるのは間違ってる。あなたの便は、どれだけ待っても来ないのよ」

「あなたは――？」

全身が凍るほど冷えきっている。だが、震えは収まった。

「私は、まあ、そうね」ふふふっと子供っぽく彼女は笑った。

「水先案内人かしら。慰霊碑なんか建てられたものだから、ここから動けなくなっちゃった。だからこんなおせっかいを焼いているの。あなたのような人は案外たくさんいるものよ」

麻祐子は窓に向かい、闇の中に目を凝らす。遠くを行く制服姿の三人の後ろ姿が見えた。

「あの人たちについておいきなさい」

麻祐子はふわりと立ち上がった。

「怖がることはないわ。快適な――」老女はそこでちょっとだけ言い淀《よど》んだ。

「空の旅だから」

城《しろ》山《やま》界《かい》隈《わい》奇《き》譚《たん》

城下町というものは不思議な造りだ、と気づいたのは高校生の時だった。まず平地の真ん中にこんもりとお椀《わん》を伏せたような城山がなければならない。こういう地形を選んで築城したのだと言えばそれまでだが、隆起した丘の上から、天守閣が街を睥睨《へいげい》している様はなかなかのものだ。築城当時の藩主が意図した通り、平山城《ひらやまじろ》が己の領域をあまねく支配している図そのものである。何百年も経った後、そんなことに感心する十七かそこらの少女（つまり私のこと）は、相当エキセントリックだとも思う。

私の母校は、松山《まつやま》城の麓《ふもと》にある女子高で、少子化の波をもろにかぶってしまった今と違って、四十年近く前はかなりの生徒数を誇っていた。

「校門をくぐって教室に至るまでの道のりが、この学校ほどドラマティックなところはありません」と入学式で校長先生が挨拶《あいさつ》した。その言葉通り、古い観音開きの校門が、ここが城山の一部であることを如実に物語っている。実際、この辺りは松山城の東郭《ひがしくるわ》と呼ばれ、かつては豪壮な櫓門《やぐらもん》が築かれていたようだ。校舎が建っているのは、代々重臣が住まいとした東の郭邸の跡地であるという。そんな特異な土地柄に高校はあった。

　生徒は城門まがいの校門をくぐり、両側を石垣に囲まれた坂道を左に折れ、右に折れして上っていかなければならない。校舎は緑にすっぽりと覆われた城山の山懐に抱かれて点在しているのである。

　教室を除けば、私が一番時間を過ごしたのは図書館だった。一年の時に図書委員に選ばれたのをきっかけに、当番でなくてもたいてい放課後は図書館に入り浸っていた。私立の女学校として明治時代に創設された学校には、古い建造物が多かった。図書館もそのひとつだった。洋風意匠の木造建築で、二階ファサードには、縦長の連窓が三つ並んでいる。森の中に白いモルタル仕上げの瀟洒《しょうしゃ》な姿が見え隠れする様が、私のお気に入りだった。

　授業が終わると、部活をする生徒にも、いっせいに坂を下って帰っていく生徒にも加わらず、私はトントンと苔《こけ》むした石段を上って図書館へ向かうのだった。本を読むのももちろん好きだったけれど、私がここで時間を潰《つぶ》す第一の目的は、司書の塩貝佳《しおがいか》代子《よこ》さんとおしゃべりすることだった。塩貝さんは、広くて冷え冷えとした図書館のカウンターの中、一番奥まった隅にいつも一人で座っていた。当時二十七歳だったと思う。私がずけずけと塩貝さんはいくつ？　と尋ねたのに対してそう答えたと記憶している。

　色白で顔立ちのきれいな人だった。いつもヘアバンドで前髪を上げていた。そうして強調されたおでこと髪の生え際が、形がよくて印象的だった。いっさいお化粧をしない人で、それが私は不満だった。校則で禁じられている生徒じゃあるまいし、化粧をすればもっと人目を惹《ひ》くに違いない。そう口にしても塩貝さんはフフッと笑うだけだったけれど。

　私は二年生から図書委員長になった。それでますます塩貝さんと親密になった。司書になるくらいだから、すこぶるつきの読書家だった塩貝さんと話すのは楽しかった。彼女の会話の中には、さりげなく本の中からの引用が顔を出した。シェイクスピアやディケンズやホーソンや、芥川龍之介《あくたがわりゅうのすけ》や三島《みしま》由《ゆ》紀《き》夫《お》が。万葉集《まんようしゅう》の歌を引き合いに出したかと思うと、歎異抄《たんにしょう》の中のひとくだり、聖書の中の一節をスラスラと諳《そら》んじるという具合だった。

　しかし塩貝さんは本の虫でも、いわゆる堅物でもなかった。私たちは恋愛や性についてあけすけな話をしたし、先生たちの悪口も言い合った。教室棟からちょっと離れた図書館には、先生も生徒もそう多くやって来るわけではなかったし、林立する書架に阻まれて、カウンター奥の薄暗がりでのひそひそ話などに耳を傾ける者などいなかった。

松山城と周辺地域に施された秘術について教えてくれたのも塩貝さんだった。松山藩主・加藤嘉明《かとうよしあき》が道後《どうご》平野の真ん中に城郭を造ろうと思い立ち、併せて城下町の建設に取りかかったのは関ヶ《せきが》原《はら》の戦いの直後で、その頃は風水や陰陽道《おんみょうどう》が広く支持されていた。城を築く場所もこれらに適《かな》ったやり方で選ばれたようだ。私たちの高校の正門前は、緩い上り坂になっていて毘沙門坂《びしゃもんざか》と呼ばれていた。毘沙門坂を上りつめたところは、城からすると丑寅《うしとら》の方角（北東）にあたり、これは鬼門である。そこに毘沙門天を安置して悪鬼から城を護《まも》ったのである。

塩貝さんは市内地図を取り出してきて、自分の机の上に広げた。高い位置にある窓からこぼれてくる陽の光でそれをよく見ようと、私は身を乗り出した。塩貝さんは、赤鉛筆で市内八つの八幡《はちまん》神社に印をつけた。それから定規を当てて八つの印を線でつないだ。すると城を中心にした星の形ができあがった。

「これはね、晴明桔梗印《せいめいききょういん》といわれる五芒星《ごぼうせい》を表しているの」

「へえ」

「つまり、陰陽五行の思想に基づいて悪霊封じをしてあるの。この土地には松山城を中心とした結界が幾重にも張り巡らされているのよ」

私はすっかり感心してしまった。この街は偶然に不思議な造りになっているのではないし、また藩主が領地を治めよいように単純に計画されたものでもなかった。

「でもね——」塩貝さんは続けた。「なぜこんなに強固な結界や守護神が必要だったのかしら」

私は赤い線でできた五芒星をじっと見詰めた。地図の上には窓の外の木の枝が作る奇妙な模様が映り込んでいた。

「ここらの土地には何かあるのかもしれない」塩貝さんはぼそりと独りごちた。


歴史の古い女子高の常で、学校には怖い話がいくつか伝わっていた。たとえば、家政館の裏の井戸で水を汲《く》むと、長い黒髪がごっそりと上がってくるだとか、誰もいない音楽室からピアノの音が聞こえてくるだとか、どこの学校にもありそうなたわいのない話だ。明治時代、女学校がこの地に移ってくる前には県立病院があったせいで、校門内の坂道を、片足を失った日本兵が松葉杖《づえ》をついてカタリカタリと下っていくという話もあった。学校の外にも、こういった類《たぐい》の話は散らばっているようだ。

三ノ丸にあったお菊《きく》井戸では、無実の罪を負わされた御殿女中のお菊が身を投げたとされている。お菊は怨《うら》みを晴らすため、夜な夜な幽霊となって現れた。かつて三ノ丸に駐屯していた歩兵第二十二連隊の兵隊たちも心底震え上がっていたという。二ノ丸には俎石《まないたいし》なるものがあった。ここで妊婦の腹を裂き、胎児の性別を調べたという石である。なにゆえそんな惨《むご》たらしい所行がなされたのかは知らないが、この石は夜中になるとすすり泣くので、夜泣き岩とも呼ばれていた。

私は全くもってこういう話が好きだった。おそらく同年代の少女の集団から浮いているのは、この性向によるものだったと思う。塩見さんもこういう話になると目を輝かせた。大人ぶってたしなめたり眉《まゆ》をひそめたりはしなかった。私たち二人の好みが一致するということに気づいた私は小躍りせんばかりに喜んだ。要するに私たちは、変わったもの、人が嫌悪するもの、そして時には怖気《おぞけ》をふるうものが大好きなのだった。そういう話を飽きもせずに語り、面白かった本や怖かった本の感想を言い合った。柳田國男《やなぎたくにお》の『遠野《とおの》物語』や小泉八雲《こいずみやくも》の『怪談』、ポオの『黒猫』やW・W・ジェイコブズの『猿の手』。ドラキュラやフランケンシュタインが出てくる映画。夏になるとテレビで特集された実話に基づくオカルト番組。楳図《うめず》かずおの漫画まで、話題は尽きなかった。

その勢いで、城山周辺で見聞きした怖い話を書き記そうということを言い出したのは、私だったか、塩貝さんだったか。手始めに校内の怪奇スポットのひとつを検証してみようということになった。今は取り壊されてしまったが、当時の体育館も古い木造で、床板がぎしぎし鳴るような代物だった。舞台の両脇に大きな鏡が設《しつら》えられていた。ここを練習場とするダンス部員が大鏡の前で練習に励んでいた。鏡には扉がついていて、使わない時には閉じるようになっている。妙なことに一方の鏡は自由に開けることができるのに、もう片方はしっかり閉じてあって、前にグランドピアノが置いてあった。こちらは開かずの鏡なのだ。この鏡には、かつて事故で亡くなったダンス部員が血まみれで踊る姿が映るので、閉ざされたという噂だった。

あの鏡を開けてみよう、とすぐに話はまとまった。ダンス部の練習のない試験中の午後、塩貝さんは体育館の鍵《かぎ》を持って待ち合わせ場所にやってきた。そういうことを彼女は平気でやった。そもそも教員ではない塩貝さんは、先生たちとも事務員さんたちともあまり親しくしていなかったのだ。

しんと静まりかえった体育館は、行事の度に集められる馴染《なじ》んだ場所とは違って見えた。暗幕はきちんと束ねられていたから、明るさは充分あった。歩くと埃《ほこり》が舞い上がり、光の筋の中に白く浮遊した。私たちはゆっくりと舞台に近づいた。まずしなければならないのは、重たいグランドピアノを動かすことだ。二人でなんとか脚のストッパーをはずし、力を込めてピアノを押した。ようやく両開きの扉が開くほどのスペースがとれた。

「やったわ！」

塩貝さんは、ヘアバンドを直しながら囁《ささや》き声で言った。頬が紅潮していた。でも彼女が扉に手を掛けた時には、私は緊張して青ざめた。まだ心の準備ができていない。もし鏡の中に恐ろしい少女が現れたら？　塩貝さんは躊躇《ちゅうちょ》することなく扉を引いた。私は十歳年上の同好の士を尊敬の眼差《まなざ》しで見ていた。扉がなかなか開かなかったのは、釘で打ちつけられているからではなく、蝶《ちょう》つがいがすっかり錆《さ》びていたせいだ。果敢に怪奇現象に挑む塩貝さんの働きにより、嫌な音を体育館中に響かせて大きな扉は開いた。最後に手ごたえが急に軽くなったらしく、塩貝さんは私が立っている位置まで跳《と》び退《すさ》った。

私たちは並んで突っ立って鏡を見詰めた。裏面の薬剤が剥《は》がれている部分が多いうえ、表面がでこぼこになっているようで、何もかもがまだらで歪《ゆが》んでいた。唖然《あぜん》と立ちつくす私たち二人の姿は、なんとも間が抜けていた。どんなに目を凝らしても、私たち以外何も映っていなかった。私はため息をついて首を振った。当然の結果ではあったけれど。

その時、渡り廊下の向こうからこっちへ歩いて来る体育教師の姿が見えた。もう鏡を閉じる暇もピアノを戻す暇もない。まさに脱兎《だっと》のごとく、二人して舞台裏の戸口から体育館の外に飛び出した。体育館脇は、城山の斜面になっている。塩貝さんは、ひとつも迷うことなく、クマザサの生い茂った斜面をよじ登った。手も足も泥だらけにして登っていく勇敢な図書館司書のお尻《しり》を、私は信じられない思いで見上げた。

「何してんの？　早く！」

やけくそで後を追った。強固に根を張ったクマザサを手掛かりに、体育館より高い位置に登りきったところで、先ほどの体育教師が窓からぬっと顔を出した。私たちは木立の中に身を伏せた。むっとするほどの草いきれの中、私たちは彼が怒り狂ってドタバタと歩き回り、くだらない悪戯《いたずら》をした生徒に毒づくのを聞いていた。

「ただ単に傷んでしまった鏡をしまってあっただけなんだね」

そのまま城山の森の中をぶらつきながら塩貝さんが言った。城山の中腹にはところどころ古い道の痕跡《こんせき》が残っている。整備された四本の登山道とは別のものだ。これは捨て去られた巡視路で、築城時には縦横に巡らされていたのだと社会科の先生が教えてくれた。そういうものだから、崩れるにまかせている。どこへ通じているというわけでもない。下草の中にかすかに石組みが見えるという程度のものだ。

校舎を下に見て、私と塩貝さんとは体育館から離れた。うまくいけば図書館にたどり着けるかもしれない。足で探りながら行くと、だんだん道はしっかりとしたものになってきた。いきなり、その道を下って来る人にばったりと出会った。小太りの背の低いおじさんだった。派手なチェックのシャツを着て、頭にはくしゃくしゃのピケ帽を被《かぶ》っていた。

「こんにちは！」

おじさんはピケ帽をひょいと持ち上げて言った。きれいに禿《は》げ上がった頭が見えた。面くらいながらも私も塩貝さんも挨拶を返した。何気なくすれ違う。この人はどこから来たのだろう、とふと思った。石畳と言っていいほど幅広で確かな道になってきたので、本来の登山道と間違えて迷い込んだのかもしれない。しかし、次の瞬間、私たちは立ちすくむことになった。突然、道がなくなっていた。途切れた先は深く落ち込んだ谷になっているのだ。塩貝さんと私とは、言葉もなく谷底を覗《のぞ》き込んだ。私の頭の中にはもう一度、あの疑問が浮かんでいた。

——さっきの人はどこから来たんだろう。

そろそろと引き返すしかない。途中で私たちがよじ登ってきたクマザサの斜面を過ぎた。足下の道はしだいに消えていき、やがて草の中に没してしまった。その先は深い森になっている。人が通った痕跡はどこにもなかった。とても俊敏そうには見えないピケ帽のおじさんはどこに消えたのか、皆目見当がつかなかった。彼とすれ違ってから二、三分しか経っていないのだ。木立の中を透かして見ても、あの赤と黄色と白のチェック柄のシャツはどこにもなかった。

「あっ!!」塩貝さんが小さく叫んで、私はひんやりした森の中で飛び上がりそうになった。「体育館の鍵がない!」彼女はしごく実際的なことを言い、あちこちのポケットを探った。

「きっと斜面を登って来る時、落としたんだ」

私たちはクマザサの群落まで引き返した。二人して這《は》いつくばるようにして笹を掻《か》き分けて捜すが、見つからない。通ったところのクマザサは踏まれて倒れているので、範囲は広くない。だがやはりない。塩貝さんは青くなった。鍵をなくしたのは非常にまずい。どうしたって開かずの鏡を開けたことと結びつけられてしまうだろう。クマザサからまた石組みの道まで出て、さっきの断崖《だんがい》から森まで続く道を何度か行ったり来たりした。何度目かに通った時、今度は私が「あっ!」と声を上げた。道端の木の枝に鍵が引っ掛けられていた。無粋なオレンジのプラスチック札にマジックで「体育館」と書いてある。

「いつの間に――」塩貝さんは狐につままれたような顔でそれを枝から取った。

「あのおじさんが拾ってくれたのかも……」

「でもさっきまでは絶対になかったよね」

「あの人、何だったんだろうね。おかしいでしょ。突然現れてそれでまた消えて」

とうとうそれを口にした。二人とも黙ってしまった。クマザサの斜面をずるずるお尻で滑って下りていく私たちの頭の上で、木々の枝がザワザワと鳴った。こう考えることもできる。あのおじさんは、しょっちゅう山の中を歩き回っている人で、私たちの知らない抜け道を知っているのだ。神出鬼没に現れては消え、通行人をからかって喜んでいるのだ。

でもそうでない場合もある。私はその可能性をいくつかノートに書き記した。その内のひとつくらいは今でも思い浮かぶ。あのおじさんは、森の奥で首を吊《つ》って死んだのだ。だが現世にまだ未練がたっぷりある。だから生きていた時のままの姿で時折ああやって山道を歩いている。たくさんの人が通る登山道は避けて。いかにも高校生が考えそうなことだ。

あのノートは今では失われてしまったけれど、塩貝さんがマジックで表紙に書いたタイトルは憶《おぼ》えている。『城山界隈奇譚《しろやまかいわいきたん》』だ。

結局城山の中で遭遇した、とても首を吊ったとは思えないほど血色のいいおじさんの一件以上に不思議なことには出会わなかった。

松山には、城山をぐるりと一周するのろい路面電車がある。その電車の最終便に乗ると、おかしなものが見えるという噂が広まったこともある。線路沿いの道を電車と競走するように並走している二人乗りの自転車がある。乗客が暗闇の中、ぼんやりとそれを見ていると、横道から飛び出してきた（あるいは対向してきた）車に撥《は》ね飛ばされるのだ。二人ともがゴムまりのように遠くへ飛んで、地面に叩《たた》きつけられる。目撃した乗客は、慌てふためく。中には警察に通報する人もいる。ところが、どこを捜しても事故現場は存在しないのだ。被害者も加害者もいない。

これは最終の路面電車からのみ見える怪現象らしい、と当時新聞記事になったりもした。自転車に乗っている人物についても諸説あって、男子高校生二人組だとか、母親が小さな女の子を乗せているとか、中年の夫婦のようだとか、いろいろだった。もちろん、私と塩貝さんも最終便に乗ってみた。何も起こらなかった。ただ硬い座面から伝わる振動を感じながら、城山を一周したにすぎなかった。どこを走っていてもライトアップされた天守閣が、青白く宙に浮かんでいるのが見えた。私は夜遅く電車に乗るために、下宿しているクラスメートの部屋に泊めてもらうことにしていた。塩貝さんは、友人の下宿まで私を送ってきてくれた。「じゃあね」と小さく手を振って塩貝さんは夜の中に去っていった。特に落胆しているふうでもなく、夜の小さな冒険を楽しんでいるようだった。

こんな実りのない活動のことまで記したので、『城山界隈奇譚』ノートは、結構分厚くなった。

「この図書館には、不可解な出来事とか怖い話はないんですか？」

冬の図書館は、さらに利用者が少なくなる。年数を重ねた図書館の建物は、どこからか隙間風が吹き込み、大きな煙突付きのストーブをいくら焚《た》いても寒かった。風が強いと、おかしなきしみ方をしたし、窓ガラスはガタガタ鳴った。塩貝さんは、本を書架に納めようとしていた手を止めた。

「あるわよ」背中を向けたまま、彼女は即答した。

「どんな？　いるはずのない人がいるとか？」

「そういうこともあるわね」塩貝さんはこともなげに言った。

「ほんとに？」

「なぜなら――」もう一冊本を手に取り、分類番号を確かめる。「紙は記憶するから」

私は塩貝さんの言わんとすることを量りかねて首を傾げた。

「本になった紙は、それぞれ印刷された情報をずっと抱えて沈黙しているの。図書館はそういう紙の集まり。小さな小さな記憶でも、これだけ膨大な量になると、いつかそれが像を結ぶのよ」書架の間を、カートを押して塩貝さんは移動した。カートの車輪がキュルキュルと鳴った。「影みたいなものよ。図書館の影。紙の記憶」

私は何と答えたろう。そのこともあのノートに書きつけただろうか？　今となってはもう何もわからない。

三年生の一学期まで私は図書委員長を務めた。それから遅ればせながら受験勉強を始めた。進路に関して親と意見が合わず、最悪のコンディションの中、勉強は遅々として進まなかった。気が滅入《めい》ると図書館でぼんやりとした。塩貝さんともうあまり話さなかった。彼女は新しい図書委員たちと図書館の運営を始めていたが、私のように親密に付き合う生徒はいなかったようだ。しかし、疎遠になった私との関係も含めて寂しがったり嘆いたりというそぶりは見せなかった。塩貝さんは、またカウンターの奥にひっそりと納まり、図書館での日々を淡々と過ごしていた。やっぱり化粧はせず、前髪をヘアバンドできりっと上げた孤高の図書館司書に戻った。

私はなんとか県外の大学に進学することができた。五月の連休に帰省した時には、高校を訪ねて塩貝さんともおしゃべりした。特に変わったことはなかったと思う。なのに、夏休みに図書館に行ってみると、塩貝さんの姿はなかった。一身上の都合で辞めたと聞いた。そう感慨にふけるということもなかった。私はもう、都会の大学での生活に心を奪われていたのだ。

今年の春、高三の時の担任だった岡田《おかだ》先生が喜寿を迎えたのを機に、何十年かぶりにクラス会が催された。松山市中心部のホテル最上階からは、ライトアップされた松山城が見えていた。定年退職されて久しい岡田先生は、すっかり好々爺《こうこうや》になって、皆から贈られた花束を抱いて記念写真に納まった。賑《にぎ》やかに歓談する元の女子高生たちは、今や貫禄《かんろく》のある中年女になっている。先生の相手をしていた私の隣に、どっかりと腰を下ろした人がいた。

「ねえ、私を憶えてる？」

「もちろん。ジンコさんでしょう」

仁子《まさこ》というのが彼女の本当の名前だけれど、誰もがジンコというあだ名で呼んでいた。確か一年だけ図書委員をしたことがあったように思う。向こうもその話を持ち出した。岡田先生もさっきまでしていた孫の自慢話を引っ込めて私たちのやりとりに聞き入った。

「あなたは本好きで図書委員はぴったりだったけど、私はいやいや引き受けたのよ。あの図書館も嫌いだった。寒くて陰気でさ」ジンコはペラペラとよくしゃべった。

「なんだってあんなにひとつだけぽつんと離れたとこにあったのかな？　あの図書館。不便よね」

岡田先生が、今は新館の中にあって冷暖房完備で明るいいい図書館だよ、と口を挟む。先生の娘さんが、やはりあの女子高で教えておられるそうだ。私は曖昧《あいまい》に微笑んだ。白い壁に囲まれた近代的で味気ない図書館には興味はなかった。私はあの森の中の古い図書館を愛していたのだ。

「ねえ、塩貝さんは今、どうしてるかな？」

「シオガイさん？」まるで口の中に妙ちきりんな味のものを押し込まれたみたいにジンコは反芻《はんすう》した。「誰？　それ」

「ほら、図書館の司書の人。きれいな女の人だったじゃない。いつもカウンターのところに座ってた――」

ジンコは、そんな人いたっけ？　とあっけらかんと言った。いろんな記憶がかすんでしまっている岡田先生も首を振った。私が塩貝さんのエピソードを語ると、ジンコはむきになって友人たちに図書館の司書のことを聞いて回った。驚いたことに誰一人、塩貝さんのことを憶えていないのだった。今度は私の方が呆気《あっけ》にとられた。確かに地味で目立たない人だし、教職員の中では中途半端な立場だったが、誰の記憶にもないということはどういうことだろう？　憮然《ぶぜん》と黙り込んでしまった私を先生はしきりに気の毒がった。

岡田先生から連絡をもらったのは一か月半ほど後のことだった。現役教師である娘さんに頼んで調べてくれたという。やはり塩貝さんのことはよくわからないらしい。なにぶん古いことだし、短期間だけしかいなかった、正規に雇われたのではない職員のことなどは名簿には残らないのだという。しかし、古い図書館を取り壊した時に出てきた資料を取ってあるそうで、見に来ないかと言ってくれた。私はジンコを誘って出かけていった。

岡田先生の娘さんは、私たちとそう変わらない年齢だった。彼女に案内されて新館の中の図書館を見学し、その隣にある資料室に入った。

「十八年前に図書館を壊した時に、あそこにあったたくさんのものは大方捨ててしまったんです」奥の棚からいくつかの段ボール箱を下ろすのを、私たちは手伝った。

「目ぼしいものは取っておいたんだけど、整理する人もいなくてそのまま」

ゆっくり見ていってください、と言い残して先生の娘さんは出ていった。たいして気が乗らない様子のジンコを促して、私たちは箱を開けた。一応、年代順にはなっているようだ。図書館の管理運営の記録、途切れ途切れに残っている購入図書や備品の明細、図書委員会の活動報告書も、年によってあったりなかったりだ。

「あ、アルバムがあるわ」ジンコがにわかに色めきたった。「古いのがあるといいけど——」横から覗き込むと、読書週間に行った図書館行事の記録写真のようだ。

「そうだ。読書週間に図書委員全員で集合写真を撮ってたんだ。毎年」

見知らぬ生徒たちと顧問の先生が、似たような構図で並んだ写真が何枚も貼りつけてある。写真はだんだん年代を遡《さかのぼ》り、新しい図書館から旧の図書館に移る。制服も懐かしいデザインへと戻っていく。

「ええと、昭和何年だっけ？　私たちがいたのは——」ジンコは指で写真をなぞっていった。「あ、これこれ。この年だよ」そこでついと視線を上げて私を見た。

「司書さんなら、当然一緒に写っているはずだよね。でも写っていなかったりして」

それってよくある怪談だよ。ほら、あなたの好きな、などと言ってくくっと笑った。私はジンコの手からアルバムをひったくった。高校生だった生意気そうな私が、図書委員の列の真ん中に写っていた。十数人の図書委員たちの後列、一番端っこに塩貝さんが立っていた。唇を真一文字に結んで、ヘアバンドで前髪を上げて――。

「ほら、ここにいるじゃない！」

私は勝ち誇ってジンコの前にアルバムを押し戻した。ジンコはじっくりと写真を見て考え込んでいる。本人を見てもぴんとこないらしい。

「ほらね、私たちが卒業した次の年には塩貝さんは写ってないでしょう。あの年の一学期で辞めてしまったから」

私の記憶は正しいのだと、ジンコに畳みかけた。彼女はたいして感じ入りもせず、「ふうん」とだけ答えた。私は塩貝さんの姿を求めてアルバムのページを繰った。臨時職員か何かだった塩貝さんは、いったい何年くらいここの図書館に勤めていたのだろうか。塩貝さんが司書をしていた間は、比較的律儀に行事を行っていたようで、毎年欠かさず読書週間の写真が残してあった。

それを見ていくうち、私はぐっと唾《つば》を呑《の》み込んだ。写真は何かおかしかった。塩貝さんはいつも同じ位置で同じポーズ、同じ表情で写っていた。生徒たちは年々変わっていくのに、胸から上しか写っていない塩貝さんは紙にコピーされたみたいにおんなじだった。

それに——写真の下に書いてある年月日を見ていくと、かなり長期間にわたっている。十年前まで遡った。私たちがいた頃、二十七歳だった塩貝さんは十七歳のはずだ。そんなことはあり得ない。若返りも老けもしない、私が知っている塩貝さんがずっと連続して写真に納まっているのだ。妙に平板な塩貝さんの像は、じっと私を見据えていた。

この人はいったい何だったのだろう。冷たいものがさあっと背筋を下っていった。冬の図書館にいるみたいに私は凍えた。私は塩貝佳代子さんのことを何も知らないということに今さらながら思い至った。名前と年齢以外は何も。

「ここらの土地には何かあるのかもしれない」と言った若い司書の横顔が、急に思い出された。最終電車に乗った晩、私を友人の下宿まで送り届けた後、あの人はどこへ帰ったのか。塩貝さんを含む図書委員の集合写真は、延々と過去に遡って続いていた。私はパタンとアルバムを閉じた。それ以上見る勇気がなかった。

「図書館の影、紙の記憶——」

別の資料に目を落としていたジンコが顔を上げて「えっ?」と聞き返した。私は急いでアルバムを段ボール箱の底に戻した。そして箱を元通り奥まった棚に並べた。

同窓会館に行ってみるというジンコと別れて、私は一人で校舎の外に出た。本館の上の、かつて図書館があった場所を見上げた。今は繁った緑に覆い尽くされている。それでも目を閉じれば、あの図書館のことは鮮明に甦《よみがえ》ってくる。両開きのドアにはめ込まれていた色付きガラス。美しくカーブしたアイアンに支えられたすずらん形の照明。背中合わせに並べられた重厚な書架と、その間を深海魚みたいに静かに移動する閲覧者たち。古びた紙とインクの優しい匂い。冷たい大理石のカウンターの手触りや、高窓から落ちてきて木の床で躍っていた木漏れ陽まで。あのカウンターの奥の机の上で、書籍を補修したり書きものをしたりしていた塩貝さんの姿を想った。あれほど濃い時間を共有していたのに、私の錯覚だったのだろうか？　紙という記憶媒体からこぼれ落ちた幻を見たのか？

　私はゆっくりと坂道を下った。あたらしい緑で城山は満ち満ちている。私はあの城山の中の消えかけた細い道をたどることを夢想した。ぶらぶら歩いていると、山の上から下りて来た塩貝さんにばったり出くわすかもしれない。彼女は二十七歳のまま。私の娘ほどの年齢だ。私たちは並んで歩く。伸び放題の下草と崩れかけた石組みの道を――。

　ここではそんなことが起こり得る。城下町というのは、ほんとうに不思議な造りだ。

夏休みのケイカク

児童書のコーナーでわっと子供の歓声があがる。

図書館長がパソコンの画面からふと顔を上げたが、眉根《まゆね》を寄せただけでまたもとの作業に戻った。夏休みに入って図書館には子供たちが大勢やってくるようになった。館長も多少の賑《にぎ》やかさは大目にみている。

私も傷んだ本の補修作業を再開した。市立図書館の分館が市内に三か所あるうちの一つが、この小さな図書館である。戦前に建てられた石造りの外観も内装も、私が子供の頃と少しも変わっていない。そのせいか、あそこで本を読んでいる小学生と五十半ばまで齢《よわい》を重ねた自分とを時々混同してしまう。老いた自分の肉体を忘れて、豹《ひょう》のように敏捷《びんしょう》で疲れを知らない生命体であると錯覚してしまうのだ。

この土地で生まれ育った私は、保育士として市内の保育園で働きながら、体の弱い母親を介護してきた。その母が去年亡くなった。もちろん、いつかはそういう日が来ることはわかっていた。なのに母を送った後、私は全く勤労意欲というものをなくしてしまった。副園長という肩書までもらっていたけれど、躊躇《ちゅうちょ》することなく仕事を辞めた。

母が残してくれた少しばかりの遺産と自分の貯金と退職金すべてをつぎ込んで、四戸だけ入居できるメゾネット式の賃貸住宅を建てた。そこからの収入で私の地味な生活は成り立つはずだ。これまで仕事と母の世話だけに明け暮れていたので、何か別のことをやりたいと思った。しかし性格上、突拍子もないことはできなくて、私が選んだのは馴染《なじ》みの図書館のボランティアだった。仕事は主に図書館の周辺の清掃や花壇の手入れ、本の整理や補修、児童への読み聞かせ等である。

入り口の自動ドアが開いて川崎《かわさき》沙良《さら》が入ってきた。小学三年生の沙良は、児童書の方は見向きもしないで、一般図書のコーナーに入っていった。カートを押して本を配《はい》架《か》してまわっている司書の藤森《ふじもり》さんが、その後ろ姿を見据えている。この子には困った癖があった。本への落書きである。どんなに注意しても職員の目を盗んで落書きをする。

近所に住んでいて沙良の家の事情に詳しい藤森さんによると、沙良のところは母子家庭らしい。仕事が忙しい母親の帰りは遅く、沙良は一人でいることが多い。その寂しさをまぎらわすために沙良はついつい本に落書きをしてしまうのではないかというのが藤森さんの見解だ。

「おはよう」「さよなら」「また明日ね」。あまり大人と口をきかない沙良だが、私がしつこく話しかけていると、やがて少しずつおしゃべりしてくれるようになった。ある日、沙良が私に夏休み中に父親に会いに行くのだと語った。

「ほんと？　よかったわね」

そう答えたものの、私は心からの笑顔を浮かべることができなかった。離婚して家を出ていった父親は、もうとっくに再婚して子供ももうけ、沙良に会いたがらないのだという事情を、これも藤森さんから聞いていたからだ。

「やっぱ、ほら、新しい奥さんが嫌がるらしいのよね。子供が生まれてからは特にね。沙良ちゃんに愛情を持ってかれると思うのかしら」

私にそう囁《ささや》いた藤森さんはさっさと仕事に戻っていった。私はそっとため息をついた。

私もずっと母と二人だけで生きてきた。父は私が小さい時に愛人のところへ行ったきり、家にはほとんど帰って来なかった。母娘二人、ぎりぎり食べていける程度の生活費は入れてくれていたらしいが、酒類の卸しの会社を経営していた父にすれば、たいした負担ではなかったろう。私たち母娘を見捨てることなく、生涯愛人を正妻に据えなかった父のことを男気《おとこぎ》があると言う人もあったが、私はそんなふうには思えなかった。

　自分も寂しかったけれども、母がかわいそうで仕方がなかった。病弱な体で私を養うために働かねばならなかったし、何より母は父を愛していたのだ。疲れ果てた母の横顔に一瞬浮かぶ表情、それは絶望だった。ただ母のために父に戻ってきてもらいたかった。しかし幼い私に何ができただろう。働きに出た母を待つ間、この図書館で本を読んで過ごすくらいしかなかった。

　小学生時代に楽しい思い出はなく、あまり細かいことは記憶していない。鬱屈《うつくつ》した感情を抱えながら薄暗い図書館の片隅で本を広げていた私は、今から思えば深い海の底に沈んでいたようなものだった。だから沙良の気持ちはよくわかった。暗い目をして図書館に出入りする沙良は、九歳の頃の私そのものだ。

　保育士の資格を取って働き始めた頃、母が倒れた。母の体はボロボロだった。父にこのことを知らせねばと、それだけは思った。成人していた私が電話をかけた。昼間に父が仕事に出ている時をみはからって会社にかけた。あの女とはどうしてもロをききたくなかったのだ。それでも父は戻って来なかった。母を何度か見舞いはしたが、結局愛人のところに帰っていってしまった。

その後三十年以上の間、母は生き抜いた。私たちを捨てた父は、母より先に亡くなった。葬式の席で初めて私は父の愛人を見た。ぎすぎすと痩《や》せ、頬骨が出っ張った見映えのしない女だった。こんな女に母は父をとられたのか。そう思うと憎悪の念が募った。四十九日法要の後、愛人がうちを訪ねて来た。応対した母に女は言った。

「あなたの籍をそのままにしてあげていたのは世間体を気にしてのことなんですからね。実質的には私が妻なんだから。子供だって作ろうと思えば作れたの。実際私は一度子供を堕《お》ろしたこともあるのよ。それもあんたら親子のことを思ってのことなんだからね」

あまりの言い草に全身が震えた。言い返さなかったのは、そうすればもっと惨めになる気がしたからだ。うつむいてじっと耐えている母の尊厳が、こんな女と言い争うことで損なわれるのは嫌だった。

結局父の経営していた会社は、愛人と専務とが解体してしまい、母と私には雀の涙ほどの金が支払われたきりだった。代理人にはそれが父の遺言に沿ったやり方だと言われたが、その真偽を確かめる気力も欲も私たちにはなかった。

今も私は父とその愛人を許せないでいる。一生独身を通したのは、男女が睦《むつ》みあうこと自体に不信感を持ってしまったからかもしれない。あの女は母から父を奪っただけではない。私の人生もすっかり変えてしまったのだ。

朝、花壇の花に水をやっていると沙良が寄ってきた。麦わら帽子の私を下から見上げる。

「お父さんは朝日《あさひ》天満宮《てんまんぐう》の隣に住んでるの」

「あら、そう」

私は首にかけたタオルで汗を拭《ぬぐ》う。朝日天満宮は市内中心部にある大きな神社である。

「お父さんと会うと、いつもあそこで鳩に餌をやるんだ。お父さんとタクマ君とね」

「タクマ君？」

「うん、タクマ君は二歳なの。あたしの弟」

ホースを引きずって花壇から花壇へ移る私のあとを沙良はついてくる。沙良はふっと目を伏せてサルビアの花の前に座り込んだ。

「タクマ君は可愛いけど、あの人は嫌い」

私はホースの先の吐水栓を操作して水を止めた。濡《ぬ》れそぼった黒い土からは蒸せた匂いが立ちのぼってきた。「あの人」とは、父親の再婚相手のことなのだとすぐにわかった。私も父の愛人である女のことを「あの人」と冷たく呼び捨てにしていた。佐《さ》和子《わこ》という名を知った後もずっと。名前で呼ぶと、その人の存在そのものを認めてしまうような気がした。

「嫌い？　沙良ちゃんはその人が嫌いなの？」

沙良はうつむいて赤いサルビアの花をいじっている。

この子は――この子はあまりにも私に似ている。あの時の私に。

天空で燃え盛る夏の太陽が私を焼く。じりじりと炙《あぶ》られながら私は沙良を見下ろしていた。なぜあんなことを口走ったのか今もわからない。私はゆっくりとその言葉を口にした。

「――殺してしまいたいくらいに？」

沙良が首をねじって私を見上げた。黒目がちな瞳《ひとみ》には何の感情も見てとれなかった。ただ冷たい底なしの淵《ふち》を覗《のぞ》きこんでいるような気がした。

私はさっと目を逸《そ》らすと、吐水栓のレバーを引いた。勢いよく飛び出したホースの水にサルビアがなぎ倒された。

八月に入ってすぐのある日、二階にある書庫から沙良が出てきたのが目に入った。二階には書庫と参考図書コーナーがあるきりだ。滅多に人は上がって来ない。何もすることがない時には私はここのカウンターに座っていることが多い。今日もここに陣取っていたのだが、ちょっと席を離れたすきに開け放っていた書庫の扉から沙良は中に入ったようだ。沙良はトントンと階段を下りていってしまった。

一応、書庫の中を調べてみた。足を踏み入れた途端、古い紙とインクの匂いに包まれる。ここにはもうあまり読まれなくなった古い書籍がしまわれている。可動式の書架の間に一冊の本が落ちていた。私はそれを手にとった。『おばあちゃんの家へ』というタイトルの絵本だった。私は懐かしい思いでその表紙を眺めた。これは有名な北欧の児童文学作家の本で、昔も今も世界中で広く読まれている。私も子供の頃、この図書館で借りて読んだ覚えがあった。

パラパラと本をめくってみた。確か幼い女の子が国境を越えて母の祖国にあるおばあちゃんの家へたどり着くまでのひと夏の冒険を描いたものだったと思う。真ん中あたりのページに鉛筆で大きく濃い文字が書かれてあるのを見て、「やられた」と思った。沙良がまた悪い癖を出したに違いない。「夏休みのケイカク」とそこには書いてあった。沙良の夏休みの計画――それは父親に会いに行くことだった。この本の内容に刺激を受けて計画を書き記そうとしたのか。

私はカウンターに座って絵本を眺めた。ふとペンに手が伸びた。

「お父さんにあいにいくのね」

と、沙良の落書きの横に書いた。図書館の蔵書を汚すのは心が痛んだ。だが、どうせこんな古い本は廃棄処分になるに決まっている。『おばあちゃんの家へ』の新しい版は、今児童書コーナーに並んでいるはずだ。それよりも自分の分身のような沙良に何かメッセージを送ってやりたかった。

次の日、午後から図書館に来た私は、簡単な用事を済ますと二階に上がった。沙良の姿はなかったが、彼女が時々ここへ出入りしているのは知っていた。書庫の扉は閉まっていた。しかし、リクエスト本を取りに職員が入るので鍵《かぎ》は掛かっていない。本来なら誰かがカウンターに座っているべきなのだが、田舎の図書館はそういうところが割合ルーズだった。

書庫の目立つ場所に挿《さ》し込んであった『おばあちゃんの家へ』を抜き出した。くすんだ黄色の表紙。チェックのワンピースを着て髪を三つ編みにした女の子の絵が描いてある。私は蛍光灯の下でそっと本を開いた。昨日の私の書き込みの下に拙《つたな》い字があった。

「ほんとはね、お父さんにもどってきてもらいたい」

その言葉は私の心臓を貫いた。誰もいない書庫の中で、私はしゃがみ込んだ。

階下で子供たちの賑やかな声がした。翌日も私は二階のカウンターの中に腰かけていた。やがて子供たちが階段を上がってきた。参考図書のコーナーの真ん中には大テーブルが置いてある。小学生たちは五人ほどで、その中の一人が沙良だと気がついた。夏休みの自由研究の調べ物をするために来たらしい。彼らはめいめい植物図鑑や地名辞典などを持ってきて熱心に見入っている。書架の隙間から覗いてみると、沙良は何をするでもなくそんな友人たちをぼんやりと眺めていた。

そしらぬ顔をして、テーブルに近づいた。『おばあちゃんの家へ』は参考図書の書架に移してある。『○○町史』だの『△△中学校五十周年記念誌』だのという黒っぽい背の本に、黄色い絵本は挟まれている。

「お父さん、かえってくるといいね」

自分自身の願望のような言葉を書いた絵本を私は書庫から出して、少女が容易に手にできるところに立てておいた。本を探すふりをしてちらりと振り返った。沙良は一心に黄色い絵本を見つめているようだった。

誰も手に取らない書籍の中、『おばあちゃんの家へ』は、沙良と私が交互に書き込む言葉で余白が埋められていった。

「もどってこないよ、もう。お父さんはあっちの家の人だから」

「そんなことない。あなたのこと、お父さんは気にかけているとおもう」

「お母さんが夜ないてた。お母さん、かわいそう」

私は沙良を励まし続けた。自分でも感情移入しすぎると思ったけれど、そうせずにいられなかった。

「あなたはだれですか」

ある日、沙良はぎこちない問いを投げかけてきた。

「わたしはあなたのみかた。あなたをたすけたい」

沙良が私の正体に気づいていないことに驚き、ますます彼女がいとおしく思えた。

同時に九歳の私を重ね合わせた。忘れていた生々しい感情が甦《よみがえ》ってくるような気がした。無理やり沈めていた深い海の底から浮かび上がるように。それはこんな言葉が連なり始めたせいだった。

「夏休みだから、お父さんのところに行きたい。でもあの人にはあいたくない」

「あの人のせいでお母さんもわたしもひどい目にあってる。たすけてください」

血を吐くような少女の言葉は重かった。

盆に入る頃、二階のフロアで『おばあちゃんの家へ』を開けた私は凍りついた。

「あの人なんかいなくなればいい。あの人をころしたい。おねがいだからわたしをたすけて」

あの時——夏の初め、花壇のそばで私がつと口にした言葉。あれをこの子は聞き逃してはいなかった。なんてばかなことを言ってしまったのだろう。震えながらペンを持ち上げた。「そんなことをかんがえてはだめ」。そう書こうとしたのに、私の指は私を裏切って別の言葉を書きつける。

「わたしはあなたの力になるわ。どんなことをしても」

パタンと本を閉じると、絵本をいつもの場所に押し込み、私は階段を駆け下りた。

沙良は、父親がいない時をみはからって「あの人」を殺しに行くと書いてきた。

「ほうちょうをもっていく」という計画をわたしは即座に否定した。小学生の女の子が刃物を振り回して大人を殺せるわけがない。沙良はすぐに別の方法を思いついた。近所の農家の納屋に農薬がしまってあるのを知っているという。とても強力な薬だから農家の老人は鍵をかけてあるけれど、同じ納屋の中に鍵が無造作に置いてあるのだ。それを壜《びん》ごとではなく、少しだけ別の容器に取ってくるようにと指示した。

「ぜったいにだれにも見つからないように。ビンをさわる時にはてぶくろをして、気をつけて」

常軌を逸しているのはわかっていた。でも私は熱に浮かされたように「夏休みのケイカク」に肩入れしていった。幼い子を犯罪者にしようとしているのに、罪の意識はすっかり欠落していた。

図書館の前庭の木々で湧きあがるような鳴き声を響かせていたアブラゼミがいつの間にかツクツクボウシに変わった。夏は盛りを過ぎ、弛緩《しかん》していた空気の中にほんの少し硬質のものが混じり込んだような気配がし始める。それをまず敏感に感じとるのは子供たちだ。彼らは夏の王国から引き立てられて、もうじき管理された世界に戻される。

私は沙良の様子を観察していた。機は熟した。沙良はもう農薬を手に入れている。

「とてもうまくやれた」と彼女は絵本に書いていた。

「もうすぐこれをつかうとおもう。お父さんがいないときもちゃんとわかっているから」とも。

沙良は午前か午後、毎日図書館にやって来て、児童書のコーナーをひと通りぶらつくと、二階に上がっていった。私はそれとなく席をはずして沙良を一人にしてやった。

たまには郷土資料を読み漁《あさ》りに来る老人や、図鑑で調べ物をする小学生や中学生がいることもあったが、『おばあちゃんの家へ』には、必ず書き込みが残されていた。

沙良は今までと変わらず、ほとんど誰とも口をきかなかった。私ももうあまり声をかけなかったから、静かに本を読んでいる姿しか目に入らなかった。

「落ち着いたわね、沙良ちゃん」

藤森さんがそう言った。

「そうね」

「近頃、落書きもしなくなったでしょ？」

ええ、それは私と絵本を介してやりとりしているせいなのよ——心の中で呟《つぶや》いた。もう他の本に意味もなくいたずらをする必要がなくなったからなの。落ち着いて見えるのは、大きな決心をしているから。

「ま、落書きされた本は廃棄処分にするしかないけどね」

藤森さんは数冊の本を取り出した。

「これなんかは結構高い本なんだけどなあ」

パラパラとめくって見ている。マジックや鉛筆で書かれた落書きの文字に私は目を凝らした。

「それ、沙良ちゃんが書いたの？」

「そうよ」

「ちょっと見せて」

藤森さんは「こんなものを？」というふうに本を手渡した。私はページを繰って、丁寧に沙良の落書きを見ていった。手が震えた。その文字は、『おばあちゃんの家へ』に書かれた字体とは全く違っていた。沙良の文字は角ばっていて、極端に右上がりだった。長い間私の目に馴染んだ絵本の文字は、細長くてはねの部分がくるんと巻き上がる癖があった。あれは沙良が書いていたのではなかった。では誰が？　あの恐ろしい交換日記を私は誰と交わしていたのだろう。

ちょうどその時、沙良が一階のカウンターの前を通った。布製のバッグを提げて出入り口に向かう彼女を、私は黙って見つめた。

「もう帰るの？　さよなら沙良ちゃん」

藤森さんが声をかけた。

「さよなら」

私はその瞳を真っ直ぐに覗きこみ、そこにあるはずの萌《きざ》しを探った。「殺意」という名の小さな萌しを。

だがもちろん、そんなものはどこにもなかった。そこに立っているのは、頬をいくぶん上気させた小学生の女の子だった。

沙良はさっと駆けだして、自動ドアを通って外へ出た。私は全身の力が抜けていく思いでその後ろ姿を見送った。私の同志、私の分身――とついさっきまで思い込んでいた女の子の後ろ姿を。

茫然《ぼうぜん》と立ちつくす私の脇腹を藤森さんが肘《ひじ》でつついた。彼女が窓を目で示す。窓の向こうの駐車場にワゴン車が停まっていて、沙良を迎え入れるようにスライド・ドアが開いた。小さな二本の手がその中から突き出される。

沙良がバッグに手を入れて、紙でできた白い工作物を取り出した。よく見るとそれは折り紙の鳩で、沙良が尻尾《しっぽ》を引くと翼をパタパタと動かした。幼い男の子を抱いた女性が半身を乗り出して何かしゃべりかけている。沙良は紙の鳩をそっとその子に持たせてやった。男の子は鳩を飛ばすしぐさをして大はしゃぎしている。声は聞こえないが、「キャッ、キャッ」という歓声が届いてきそうだ。沙良も満面に笑みを浮かべて車に乗り込んだ。ワゴン車はエンジンをかけて駐車場から出ていった。

藤森さんはフフッと微笑んだ。

「運転していたのは沙良ちゃんのお父さんよ。沙良ちゃん、お父さんの新しい家族とも仲良くなったみたいね」

　私は声も出ない。

「夏休みの間に二回ほど向こうの家に泊まりに行ったんだって」

　朝日天満宮の隣の家。鳩のいる境内へすぐ行ける家――。

「お母さんから聞いたの。彼女も喜んでたわ。沙良ちゃんが屈託なく父親と行き来してくれるようになったって」

　藤森さんは落書きされた本を段ボール箱の中にしまいながらしゃべり続ける。

「あの子、弟が可愛くてしかたがないのよ。参考図書のコーナーに『折り紙　切り紙大全』って立派な本があるでしょ？　あれを毎日眺めて憶《おぼ》えて帰っては、弟のために作りためてるんだって。ほら、あの本、持ち出し禁止図書だから」

　私が一言も答えないでいるのに気づかず、藤森さんはかがんで段ボール箱の蓋《ふた》にガムテープを貼りつけた。

　沙良は「あの人」を憎んでいるのではなかった。あの子は『おばあちゃんの家へ』を手に取りもしないし、恐ろしい計画を立ててもいなかった。藤森さんはピッとガムテープを切り取り、膝《ひざ》で押して段ボール箱をカウンターの下に押し込める。

「いつまでも過去にこだわっているなんてつまらないものね」

まさに私の生き方そのもの——。

もう一度首を回して窓を眺めた。憎しみという暗い情念を引きずって一生を棒に振った女の顔が窓ガラスに映っていた。

本当は私は気づいていたのだ。

自信なげに痩せた文字、奇妙にはねる病的な文字を書く子が誰か。

あれは私だ。九歳の私。

そうだ。私も夏休みの計画を立てたのだった。ただし私の場合は、おばあちゃんに会いに行くことでも、父に会いに行くことでもなかった。私の計画は、父の愛人を殺しに行くことだった。父を母の許《もと》に戻してやりたかった。それには父の愛人を殺すしかない。あの人さえいなくなれば、父は私たちの家に帰ってくるに違いない。幼い少女が考えついた、短絡的でせつない計画だった。あの夏、私は身の内で小さな殺意を熟成させていったのだ。

『おばあちゃんの家へ』の主人公の女の子は、不屈の精神を持って冒険をやり遂げる。その子に自分自身を投影していた。自分も知恵と勇気を備えた別の人格になれた気がしていた。だから、この計画はどうしても『おばあちゃんの家へ』のページに書かれなければならなかった。けれどもどんなふうにすればいいのか全くわからなかった。私は苛立《いらだ》つ気持ちのまま、児童書の本棚から『おばあちゃんの家へ』を抜き出して「夏休みのケイカク」とだけ書きつけた。翌日その本を開くと、大人の字でさらさらと「お父さんにあいにいくのね」と書かれてあった。はっと息を呑《の》んだ。誰がこんなことを書いたのだろう。誰が私の家の事情を知っているのだろう。私は首を巡らせて周囲を窺《うかが》った。児童書のコーナーには誰もいない。カウンターの中の職員は顔を伏せて何かを熱心に見ている。新聞を読んでいる老人が一人と、入り口から入ってきた女の人が一人。

誰か大人が私の計画に気づいたのかもしれない。私は慎重に言葉を選びながら自分の思いを書き綴《つづ》った。子供っぽい言葉の下に巧みに殺意を隠しながら。絵本に私が短い書き込みをすると、相手も的確な言葉で励ましてくれた。私はしだいに顔も知らない相手に心を開いていった。

「わたしはあなたのみかた。あなたをたすけたい」

あの言葉が私の背中を押した。この人になら私の気持ちをわかってもらえるのではないか。本ばかり読んで早熟だった私は、大人が分別くさく「人を恨むな」だとか、「自分の幸せだけを考えなさい」などと言うのにはうんざりしていた。この人は違う。

この人はきっと私を助けてくれる。

　私は自分の計画を打ち明けた。想像していた通り、相手はその計画を止めたりはしなかった。のみならず、私が凶器に包丁を選ぶと、それはうまくないとアドバイスしてくれた。私は一生懸命考えを巡らした。そして名案を思いついた。あの頃、まだこの辺りは田畑が多く残っていた。近所の農家の老人が私を不憫《ふびん》がってよく面倒をみてくれていた。母も何かと頼りにしていた。そこの納屋に農薬が保管されているのを、よく知っていたのだ。それを少しだけ取ってくるようにと私の協力者は言った。

　見も知らぬ協力者の存在は、ますます私を大胆にした。きっと計画はうまくいき、父は私たちのところに戻ってきてくれると確信するようになった。人を殺すという罪の意識も、自分が捕まるのではないかという恐怖も、愛人を失った父があっさり心を入れ替えて戻って来るという整合性のなさも、私の心からすっかり抜け落ちていた。

　私は一心不乱に、「夏休みのケイカク」を書き綴った。協力者の方も同じくらいの高揚感を持っていた。筆跡から女性ではないかとしか推測できない協力者は、次々と綿密な計画を私に提案した。何と言って家に上がり込むか、どうやって女に農薬を飲ませるか等、私たちの秘密の交換日記は続いた。あの時の私は自分たちの計画に夢中だった。相手が誰か知りたくて、一日中図書館で『おばあちゃんの家へ』を見張ったりもしたが、誰も本を手に取ることはなかった。やがて協力者の正体などどうでもいいと思い直した。ただ一つわかっていることは、協力者も父の愛人を憎んでいるということだった。それだけで充分だった。

当たり前だ。あの協力者は、四十五年後に同じ図書館で働いている私自身だったのだから。

八月三十日、カウンターに座った私の前には古い『おばあちゃんの家へ』が広げられていた。力を失った太陽は傾き、誰もいない二階のフロアを寂しげに照らしていた。さっきまで夏休みの宿題にいそしんでいた最後の集団も帰っていった。

あの時と同じだ。四十五年前の図書館と。木製の階段がギィときしんで、私は顔を上げた。

「おばちゃん」

目の前に沙良が立っていた。

「おばちゃんも落書きするんだね」

クスクス笑いながら沙良が言う。私はそろそろとペンを持った自分の手元を見下ろした。

「私、知ってるよ。ここんとこ、おばちゃん毎日ちょっとずつそれに落書きしてたよね」

沙良と私の目の高さは同じだった。私たちは真っ直ぐに見つめあった。

「大丈夫、おばちゃん。内緒にしといてあげるよ」

沙良は楽しそうに黒目をくるくる動かしながら私に言った。その無邪気な表情につられて私も微笑んだ。

「そうね、お願い。おばちゃんももう落書きするの、よすわ」

「うん、そうだね。私もやめたの。本がかわいそうだから」

「もう遅いから一緒に帰ろうか。おばちゃん、送っていってあげる」

「うん」

すっかり明るくなった沙良の姿は私の心を揺さぶった。この子のように生きるべきだったのだ。私も。

私は沙良を待たせておいて最後に一言だけ『おばあちゃんの家へ』に書き込みをした。

四十五年前の八月三十一日のことを思い出していた。八月最後の日に、私は計画を実行するつもりだった。今まで二人で練りに練ってきた計画はすべて頭の中に入っていた。持ち出した農薬は、小さな容器に入れてポケットの中にある。溶液が減ったことに老人は気づいてさえいない。

あの日の朝、逸《はや》る気持ちを抑えて私は図書館にやって来た。そしていそいそとページを繰った。前の日までの書き込みをおさらいするようにざっと読み通す。そして新しい書き込みを目で探した。そこに書かれている短い文を私は何度も読んだ。何度読んでも同じ文章だった。そこにはこう書かれていた。

「もうこのケイカクのことはわすれましょう。おかあさんをだいじにしてあげてね」

私の協力者、私の唯一の味方、私の同志は突然心変わりをしてしまった。いったい何があったのだろう。私はゆっくりと本を閉じて本棚に戻した。しばらくはその場を離れられず、ぼんやりと床に座り込んでいた。が、とうとう諦《あきら》めて図書館を出た。あまりに協力者に精神的に頼り過ぎていたので、あの計画を一人でやり通せる自信を私はすっかりなくしていた。

どこをどう歩いて家に帰ったのかさえもよく憶えていない。途中でポケットから農薬の容器を取り出して川に捨てた。小さな白い容器が波にもまれながら流れていくのを見送りながら、私はひと夏の恐ろしい計画を記憶の底に押し込めた。そうしないと非日常的な夏休みから二学期という日常にもどっていけそうになかった。

計画があまりに現実離れしていたせいか、それとも夢中になりすぎていたために唐突な幕切れが受け入れがたかったせいか、その作業はうまくいった。私の幼い殺意とそれにかけた情熱は、夏の終わりとともに記憶の中から消え去ってしまった。

私は階下に残っている職員に挨拶《あいさつ》をして図書館を後にした。沙良と並んで歩く。西の空が茜色《あかねいろ》に染まっていた。神々しいほどの夕焼け。沙良の輪郭は金色に輝いている。

いつか読んだアルゼンチンの作家ホルヘ・ルイス・ボルヘスの本の中の一節を思い出した。

「図書館は無限であり周期的である。どの方向でもよい。永遠の旅人がそこを横切ったとすると、彼は数世紀後に、おなじ書物がおなじ無秩序さでくり返し現れることを確認するだろう」

四十五年前の世界では明日の朝、九歳の私が図書館にやって来て、さっき私があの絵本に書いた短い文を読むはずだ。そして紅潮した頬で父の家へ向かうだろう。「あの人」を殺すために。

私は、かつて子供の私が読んだ文を書かなかったのだ。私は書いた。

「ケイカクじっこう。きっとうまくいくよ」と。

過去は変えられるだろうか？　現在は変わるだろうか？

いや、そんなことはどうでもいい。私はあの女だけは許せない。決して。

花うつけ

昔、花の写真を専門に撮る男と付き合っていた。三十年近く前のことである。私は大学を出てしばらくは親のコネで入った会社で事務をしていたのだが、つまらなくなって数か月で辞めてしまった。ちょうどその頃、東京近郊に住む一人暮らしの伯母《おば》が体調を崩し、その看病という名目で上京した。行ってみると伯母はすこぶる元気で、彼女と折り合いの悪い長男の嫁に当てつけるために私を呼び寄せたのだということがわかった。

私としてはこれ幸いと、束の間の自由を謳歌《おうか》することに決めた。短期のアルバイトを転々としたり、友人の家を泊まり歩いたりした。その頃、カメラマンのMと知り合った。Mは私よりひと回りも年上だった。フリーのカメラマンという職業も、それとなく崩した形《なり》に上等のものを身につけている様も、すべてが都会的というひと括《くく》りで未熟な私を惹《ひ》きつけた。親戚筋には医者になる者が多いのに、我を通してカメラマンになったという、いわば自分は変わり種なのだといったエピソードすら魅力的に思えた。今の私なら、胡散臭《うさんくさ》いと眉《まゆ》をひそめたに違いないが。

　これはその時、Mに聞いた話である。

　私が何で花を専門に撮るようになったのかと問うた時だった。彼の子供の頃の体験を話してくれた。

　Mの家の近くに見事な桜の木のある家があった。広い敷地内には、母屋やら離れやら蔵やら、廃業してしまった診療所の建物まであった。庭木も桜だけでなく、藤やミモザや椿や金木犀《きんもくせい》など、特に花をつける樹木を選んで植えてあったという。近所の人々はこの家の主《あるじ》を「花うつけ」と呼んだ。花を愛するがゆえ、花に憑《つ》かれ、花木の手入れにうつつを抜かし、家業をおろそかにして結局は身代を潰《つぶ》してしまうのだと噂し合った。

　あれほどの樹木を維持しようとすれば、植木屋の手を借りてもなかなか満足がいくようにはできない。家主は一年中、日に焼けて真っ黒になるほど庭の手入れを怠らなかった。Mが言うには、花を愛《め》でるというよりは、いつしか花の下僕となってくるくる働かされているのに本人は気づかないのだ、と。花の方が主となって、水やり、消毒、剪定《せんてい》、施肥と次々と要求してくるのだそうだ。そのもの言いがおかしくて私は笑った。Mは紫の煙を吐き出した。薄暗いバーかどこかだったと思う。

「花の方が人間みたいじゃない」

「そうさ！」

Mは背伸びした小娘の様子を楽しむように私を観察した。

観察——まさにそういう目で時々Mは人を見るのだ。まるで生長する植物を見ているみたいに。

「主客転倒さ。でもあの男は嬉々《きき》としてそれをやっていたね。花が咲き競う春なんかは息も絶え絶えにね。それが〝うつけ〟と呼ばれる所以《ゆえん》なんだ」

しかしやはり桜の花が満開になると圧巻だった。通行人が何人も足を止めて見上げていたものだ。

　この家の隣に気難しい老人が住んでいた。花うつけの家主が次々と花木を植えるのを老人は快く思っていなかったようだ。塀を越えて枝や根が侵入してくる。一日がかりで消毒などされた日には表にも出られない。一番我慢がならないのは、桜が散った後だ。桜の大木は、老人の家との境にあったので、大量の花びらが老人の敷地に降り注いだ。

　老人の妻が生きているうちは、彼女が掃き清めていたからまだよかった。老妻を亡くして以降、家主と老人とはひどくいがみ合うようになった。

それも決まって春先に。

抗議をすると家主が嫌がらせをするのだと、老人は近所に訴えた。切った枝を投げ入れる。庭で焚《た》き火をして煙を流してくる。必要もないのに消毒薬を撒《ま》く。そういうたわいのない話に近所の者は付き合わされ、相槌《あいづち》を打った。元は町内会長をしていたという老人には逆らえなかった。

だがそのうち話が怪しくなってきた。家主が人を雇って老人の家を監視しているようだと言いだした。満開の桜の中に人の顔が見えるのだと。

「女だ。若い女だ」

老人は唾《つば》を飛ばさんばかりに言い募った。

爛漫《らんまん》と咲き乱れている桜の下で、とめどなく降りかかる薄桃色の花びらを全身に浴びて塀の際に立ち、桜の樹上を憤怒《ふんぬ》の表情で睨《にら》みつけている老人の姿は異様としかいいようがなかった。

女がいつも見ているので気になって仕方がない。あの女を木から下ろしてくれと老人は誰彼となく訴える。だがどんなに目を凝らしても女の顔などありはしない。さすがに薄気味悪くなって人々は老人から距離をおくようになった。

「でもなぜかその話に僕は惹きつけられたね」

　Mは言った。

「あんなにまで家主をこき使って自分の世話をさせる桜の木に女という人格を与えることが、僕の頭の中ではしっくりいったんだね。桜と家主の関係が、魔性の女とそれに仕える男というふうに――」

「魔性の女ねえ――」

　私は同意しかねて口を挟んだ。桜の木は女性的だけれど、魔性がひそんでいるというふうに考えたことはなかった。

「あなたはその時、いくつだったの？」

「十にはなっていなかったと思うよ」

「随分早熟だわね」

　からかったつもりだったが、Mはいつになく真面目に話を続けた。Mはふと思いついて父親の古いスプリングカメラを持ちだした。ファインダーを通して舐《な》めるように桜の花のピンクのかたまりを見ていったが、もちろん女の顔などない。ついでに惰性で何度かシャッターを押しはした。

　老人の妄想はエスカレートする一方で、あまりに騒ぎ立てるので親戚《しんせき》がやって来て相談し、どこかの施設に入れてしまった。隣家の老人がいなくなって、花うつけの家主は、誰に邪魔されることなく、花の手入れに精を出すようになった。自分がすべての世話をしたいと植木屋も断った。木に花を咲かせることに全身全霊を傾けた。花が次々と開く春は、まさに百花繚乱《りょうらん》。しかし、彼にとっては一期一会の祝典だった。それこそ木肌を撫《な》でさすり、地面を這《は》いずるようなかいがいしさ。実際、食物を口にしているのかどうか疑わしくなるくらい痩《や》せ衰えてしまった。

　そして——家主は突然失踪《しっそう》した。

　後に残ったのは花ざかりの廃園だった。

「このままだと花に殺されると思ったのかしらね」

自分の言いようが、また花木を擬人化しているようで、私はそっと口を歪《ゆが》めた。

「さあね。家主の行方が知れなくなってから、カメラはほったらかしにしてあったんだが、いつか兄が残りのフィルムを使って撮影した後、現像してみると——」

一枚だけ若い女の顔が写っていたそうだ。花の群のかげに、目を閉じた白い顔の女が。

「あの顔は今もよく憶《おぼ》えているけど、はかなげなように見えて実は——」

Mは遠くを見るように目を細めた。

「実は――男の精を吸い取る女の顔だったね」

家主にかしずかれながら隣家の老人を威嚇していた女の首を、私は思い浮かべた。きっとそれは植物なのだ。花びらと同じに体温のない異形の生き物をカメラは切り取ってみせたのだ。

「何とも男は情けないね」

だいぶ経ってからMが言った。何の話かと思ったら、庭木の世話を放り出して失踪した男のことだった。

「その点、女ってのは最後まで徹底的にやり通す」

当時はまだ珍しかったオールドローズの写真集を作ることになった時の話だ。

ある大きな会社の社長の邸宅が見事なローズガーデンになっているというので撮影の許可をもらって出かけていった。ちょうど五月の花の盛りで、広大な庭が薔薇《ばら》の香りで息苦しいほどだった。白、ピンク、赤などの色合いや、一重咲き、カップ咲き、ロゼット咲きなどの花形をうまく取り合わせ、デザインして植えてある。アーチやフェンスに絡ませたつる薔薇もこぼれんばかりに咲いていた。

社長は七十を過ぎた痩せぎすの男で、話を聞いてみるとたいして薔薇に思い入れがあるというふうではなかった。薔薇の手入れをしているのは彼の妻だった。色白で目鼻立ちのはっきりした女性で、見たところ五十歳にはまだ手が届かないくらいの若さだった。

一緒に行った編集者がそれとなく聞きだしたところによると、小夜子《さよこ》という名の妻は社長の後妻で、そもそもローズガーデンを作ったのは前妻だということだった。前妻が亡くなった後、社長秘書をしていた小夜子が妻の座もローズガーデンの管理も受け継いだということだ。

最初の日こそ編集者と園芸家とが同行して打ち合わせをしたが、その後はＭ一人が社長宅に通って黙々と薔薇の写真を撮った。社長は家にいることはなく、小夜子一人が庭に出て、熱心に薔薇の手入れをしていた。背の低い彼女は薔薇の中に埋もれるようにして作業をしていた。美しく咲き誇る薔薇だけれど、その手入れは力仕事以外の何ものでもない。病害虫の防除、新苗の植え付け、花がらの摘み取りなど、小夜子は文句を言うことなく、決められた手順通りに季節ごとの世話をこなしているようだった。

寡黙な小夜子が薔薇園のあちこちでたてるパチンパチンという花バサミの音を聞きながら、Ｍは薔薇の写真を撮り続けた。それでもお互いが慣れてくると、小夜子はぽつんぽつんとローズガーデンの由来を語った。前妻は珍しいオールドローズの苗をイギリスから取り寄せて育てていたという。

「奥様」と小夜子は未《いま》だに前妻のことを呼んだ。

「奥様は、それはそれは薔薇を愛しておいででした。オールドローズは花首が弱いからうなだれて咲くでしょう？ そこが可憐《かれん》だとおっしゃって」

　でも私は不器用だし、知識もなくて充分なことができないのだと小夜子は目を伏せた。この人が隷属しているのは、薔薇だろうか、それとも前妻の幻だろうか、とMは訝《いぶか》った。

　不器用という言葉通り、彼女はしょっちゅう薔薇の棘《とげ》で引っ掻《か》き傷をこしらえていた。その年頃の女が蓄えるほどのぽってりとした肉をつけた腕や手の甲や、時には首筋や頬まで、突いたり引っ掻いたりした傷痕《あと》がついていた。色白なので赤い傷はよく目立った。どうしてここまで、と思うほど深い抉《えぐ》れた傷になってひどく出血していることもある。木立性の薔薇の根元などの棘は凶器に等しいのだ。

　ある日、薔薇園の中で小夜子とすれ違うと、彼女のオーガンジーのブラウスの背中が破れている。

「あ、そこ」

思わずMは指を差した。

透けたブラウスの裂け目から白い肌に三本のくっきりとした赤い線が見てとれた。驚いた小夜子はすぐに着替えのために家の中に入った。しばらく庭を回って写真を撮っていたMは、家の壁際の薔薇の棘に、小夜子のブラウスの切れはしが引っかかっているのを見つけた。ちょっとしたいたずら心を起こしたMは、その棘の写真も撮った。そこまで聞いて私は、Mは小夜子と寝たのではないかと疑った。女の肌を傷つけた棘とブラウスの切れはしを撮っておくところに何か淫靡《いんび》なものを感じたのだ。

撮影が全部終了し、Mの事務所での編集作業に入った。どの写真を使うか、フィルムを一つずつ丁寧にチェックしていく。その時、忘れていた一枚の写真が目に留まった。あのブラウスの切れはしがくっついた棘の写真だった。Mはしばらくそれをじっと見据えた挙げ句、拡大鏡を目に当てて見なおした。太い薔薇の茎から生えているのは、見慣れた薔薇の棘ではなかった。それはどう見ても人間の三本の指だった。人差し指と中指と薬指。その第二関節から上くらいの長さの指。よく見ると、細くて皺《しわ》だらけでまるで老婆の指だ。しかもどの指も爪が長く鋭い。爪の先にオーガンジーのブラウスの切れはしが絡みついている。

Mは拡大鏡から目を離して目頭を揉《も》んだ。

これはもしかしたら、前妻の指ではないのか。小夜子が薔薇の中を歩き回るたびに彼女の体をところかまわず引っ掻いて傷をつけていたのは、前妻だったのではないだろうか。夫に愛される若い後妻の肉体に赤いみみずばれを作ってやるために――。

それから写真集が出来あがるにはまだ数か月かかった。その間に、例の社長が脳梗《こう》塞《そく》で倒れたという話を聞いた。命は助かったが、現役は引退せざるを得ないほどの後遺症が残ったという。Mは深々とため息をついた。あのおとなしい小夜子は、薔薇の手入れの上に夫の介護をしなければならなくなったのだ。

出来あがった写真集を持って、Mは社長宅を訪ねた。

邸宅の前に立って、Mは愕然《がくぜん》とした。庭には一本も薔薇がなかった。全部引き抜かれて赤い土が露出していた。しばし立ちつくした挙げ句、ようやっとアイアンの門扉を押して邸宅の敷地に足を踏み入れた。リビングの掃き出し窓の前のウッドデッキはそのままで、そこに車椅子に乗せられた社長と小夜子が出ていた。庭を横切って直接デッキに向かう。

社長は体の右側が麻痺《まひ》しているらしく、体全体が右側に傾いていた。視線も定まらず、声をかけそびれた。小夜子はかがんで夫の膝《ひざ》掛けを直した。ぶらんと垂らしていた右腕を持ち上げてその上にのせてやる。

「あなた、お客様がみえましたよ」

そう夫にかける言葉にも面倒をみるしぐさにも、ぞんざいで嵩高《かさだか》な影が見てとれた。

今やこの邸宅の主は小夜子なのだとMは感じとった。

写真集が出来あがったことを告げてずっしりとした本を手渡すと、小夜子は中を見もせずにデッキのテーブルの上に置いた。

「薔薇を、どうされたんです？」

Mはようやくそれだけを訊《き》いた。社長はその言葉も解せないのか、何の反応もない。

小夜子が嫣然《えんぜん》と笑って答えた。

「業者に頼んで撤去してもらいました」

いかにも胸がすくという感じで殺伐とした庭を見渡した。

「私、薔薇は大嫌いなんです」


人が手をかけて栽培するのは園芸種だけではない。Mは学術誌に載せる植物の写真を撮るために、ある国立大学の農学部が所有する温室に出かけていった。狙いは食虫植物だった。その大学の大温室には、世界でも有数の食虫植物のコレクションが揃っていた。山野《やまの》徳夫《のりお》教授率いる研究室では、食虫植物が分泌する消化液の研究を通して化学物質にたよらずに有機物を分解処理していく方法を確立しようとしていた。

温室の中を案内してくれたのは山野教授と助手の日和佐《ひわさ》だった。

「まずはうちの自慢のウツボカズラを紹介しましょう。これは是非掲載してもらいたいからね」

高温多湿な生育状況を忠実に再現した温室内は、ねっとりと重い空気が充満し、どこからともなく腐りかけた果実のような甘い匂いが漂ってくる。南洋のジャングルを摸した温室の中央にウツボカズラの群落があった。

「これはボルネオ産のウツボカズラでね。世界最大のものだ」

一番大きな木の前で教授が得意げに説明を始めた。食虫植物という名前から草のイメージを持っていたのに、これはまるで大木だとＭは思った。頭の中で素早く撮影機材の配置や手順を組み立てながら。

驚くＭを前にして山野教授は嬉《うれ》しそうに手を擦り合わせた。他のウツボカズラを指して、これはマレーシア産、これはスマトラ産、これはジャワ産といちいち特徴を上げていく。Ｍは呆気《あっけ》にとられて聞き入った。枝からぶら下がっている捕虫器官である袋は、捕虫嚢《のう》というらしいが、ざっと数えた限りで数十個はある。一番大きなものは長さが五十センチもあり、その口はハンドボールがすっぽり入ってしまうほどだ。

「食虫植物なんてかわいらしい名で呼ぶのは日本だけだよ。外国では肉食植物というのが一般的だ。これくらいの個体になると捕虫嚢の中にネズミやカエルが落ち込んで消化吸収されることもある」

教授の研究分野である消化液の成分は、タンパク質を分解する酵素エンドペプチダーゼというものであり、それによって袋の中の水は強い酸性を示す。同時に水の中に共生している細菌の働きもあり、袋に落ちた虫や小動物などはほとんどアミノ酸にまで分解吸収される。この植物がより強い酸を産出するように改良して、医療や生物工学の現場で応用できないかというのが、この研究室の目的らしい。

「学生たちは時々鶏《とり》肉やチーズのかたまりを食べさせてる。こいつらはちゃんと消化する」

　そこまでしゃべると山野教授は、研究室に用があるからと温室を出ていってしまった。どうやら自慢のウツボカズラだけをＭに見せたかったようだ。だがＭが請け負ったのは食虫植物全般の写真撮影である。助手の日和佐は、独りよがりな教授の性格を心得ているとでもいうように、温室の内外を行ったり来たりして、モウセンゴケだのムシトリスミレだのタヌキモだのを案内してくれた。

　一応、その日は下見だけにして帰り際、研究室に寄って山野教授に撮影の日程や段取りを伝えた。快活で豪放な性格なのか、また教授はMを前にひとしきりおしゃべりをした。長話になりそうだとMも腹をくくった。逆にMの方から、

「先生、ウツボカズラが有機物を消化吸収する能力にすぐれていることはよくわかりました。ですがもし無機質のもの、たとえば石だとかプラスチックだとかが袋の中に落ち込んだらどうなるんです？」

　と質問してみた。教授は難なく答えた。

「自然界ではそういうものが原因で枯れてしまったりすることもある。しかしこの研究室では交配や品種改良を重ねて丈夫にした。うちの奴らはそういったものを自分で吐き出してしまう」

「吐き出す？」

　教授は笑いながら写真を取り出してきた。

「まあ、吐き出すというのは適当でないかもしれんがね。これは改良種の捕虫嚢の内側だ。こういうふうに鱗《うろこ》状になっていて粘毛が生えている。こいつが蠕動《ぜんどう》して異物をゆっくりと上に運び上げ、やがて外に放り出すんだ」

　Mは感心して「へーえ！」と唸《うな》った。同時に「うちの奴ら」という言葉にうすら寒いものを感じた。

「食虫植物はこう見えて高等植物なんだ。いくらでも進化する」

結局Ｍと教授とは小一時間話し込んだ。教授と正面で相対していると、Ｍは小さな違和感を覚えた。密《ひそ》かに観察していると、どうやらそれは教授の視線にあるということに気がついた。Ｍがあまりに不躾《ぶしつけ》に彼の顔をまじまじと見ていたのだろう。教授はにやりと笑った。

「さすがは写真家だね。僕の右目が義眼なのを見破ったね」

教授は自分の右目を指した。子供の頃の事故で眼球を摘出してしまったのだという。とてもよく出来た義眼だから、たいていの人は気づかないがね、と彼は笑い飛ばした。

翌日から撮影に取りかかった。研究室の学生たちとも口をきくようになった。もう一人、非常勤講師の久保《くぼ》とも懇意になった。彼は日和佐と大学で同級だったという三十過ぎの男で、普段は一般企業で働いているとのことだった。無愛想でいかにも研究人というタイプの日和佐とは違って、口の軽い男だ。カメラに興味があるのか、撮影しているＭのそばを離れない。

独り語りで大学の助手や講師の収入では家族が養えないからこういう身分でいるのだなどと言う。日和佐みたいな変人でないとずっと助手なんかやってられないよ、と笑った。的を射た表現ではあった。日和佐は温室内の植物の世話と、教授に言われた研究データをとることのみに心を砕いているようだった。学生たちとも疎遠なようだ。

「あいつはきっとああやって教授の下でコマネズミのように働くのが性にあっているんだろ。教授を尊敬しているんだ。しかし教授の方はどうかな。彼を便利に使っているだけかもしれんぞ」

久保はにやりと笑って声を落とした。

「ここだけの話、日和佐が緻密《ちみつ》なデータをとり、下準備も全部整えるからこそ、教授は学界で大きな顔もできるし、論文も完成するわけ。そこまでするなら、自分で立派な論文が書けるのに。きっと出世欲もないんだな」

「わからないな。どうしてそこまでして教授に尽くすんです？」

ついMも深入りしてしまう。久保は首をすくめた。

「これはあくまで噂だけど、日和佐は教授の娘さんに惚《ほ》れてるってことだ」

そう言うと久保は急に熱意を失ったみたいに、池の中で育てている絶滅危惧《きぐ》種のムジナモの上にかがみ込んだ。しばらくお互いの作業にいそしんだ後、久保がぽつりとさっきの続きを口にした。

「でも去年、教授の娘さんは結婚したらしいよ。この大学出身の医者と」

それから撮影の方は順調に進み、すべての写真を撮り終えたMは、大学の温室へ行くこともなくなった。しかし二か月も経たないうちに山野教授の名前を新聞で目にすることになった。突然教授が姿を消してしまったのだ。家族から捜索願が出されたが、手掛かりは全くなく、警察は事件か事故に巻き込まれた可能性もあると公開捜査に踏み切った。

新聞の記事によると、最後の晩、遅くまで日和佐と研究室に残っていた教授は、日和佐より先に帰っていったという。まだ防犯カメラもそんなに設置されていない時分の話だ。山野教授の行方は杳《よう》として知れなかった。

それから一か月半ほどしてから、別の雑誌が月下美人の花が開く様子をコマ送りで撮って欲しいと言ってきた。Ｍはふと大学の温室の中に立派な月下美人の鉢があったのを思い出した。山野教授のことや研究室のその後のことも気になっていたので、撮影をさせてもらえないか問い合わせてみた。するとＯＫが出た。許可してくれたのは久保だった。予想したことではあったが、教授不在の研究室は混乱していた。非常勤講師の久保では山野研究室を引き継ぐわけにいかず、さりとて在学生を指導しないわけにもいかないので、この分野に明るい研究者を公募することになったらしい。

「新しい教授が来たら僕はもうここの講師を辞めるよ」

不可解な教授の失踪に久保も動揺しているようだ。日和佐は相変わらず無表情に自分の仕事だけをきっちりこなしている。きっと新しい教授にも山野の時と同じように仕えるのだろう。それがこの男の本分というものなのか。

　撮影日、久保は学生に命じて月下美人の鉢を温室の中央部にまで運ばせた。そこなら照明もカメラも構えやすいし、文字通り月の光も存分に届くだろう。クリーム色の蕾《つぼみ》を十数個もつけた月下美人に狙いをつけて機材をセットした。この優雅な花は夜の八時から九時の間に蕾が膨らみ始め、真夜中に香りの高い気品溢《あふ》れる花を咲かせる。そして数時間でしぼんでしまうのだ。Ｍは数分ごとに自動でシャッターが下りるようにセットしておいて温室を後にした。

　翌日、久保に礼を言ってカメラを回収して帰った。一つの蕾の開く様子を追ったものと、鉢全体を引きで写したものと、同時に撮影したフィルムを現像した。うまく撮れていた。何度も何度も見返しているうちに妙なものに気がついた。月下美人のバックにウツボカズラの大木があるのだが、背景の捕虫嚢の一つから何か白くて丸い物体が排出される様子が写り込んでいるのだ。順を追って見ていくと、その小さなボール状のものは袋の中からだんだん現れてきて、縁にまで持ち上げられ、外側にぽいと吐き出されて落ちるのだ。気になったＭはすぐに温室に駆けつけた。久保はいなかったがかまわず中に入っていってウツボカズラの木の下を丹念に調べた。が、何も落ちていなかった。

「何だったの？　その白くて丸いもの」

私は尋ねた。

Mは私の方に身を乗り出した。

「義眼さ。その部分を大きく引き伸ばしてみたらちゃんと目玉が写っていた」

Mは続けてこう語った。日和佐は、山野教授の下で長年従順に働いてきた。山野に乞《こ》われるまま、助手より上を望まず質実に寡欲に。そうして教授の娘を一途《いちず》に思い続けた。その気持ちをもしかしたら教授に伝えたのかもしれない。しかし日和佐の恋は成就しなかった。山野は彼の気持ちを退けて前途有望な医者と結婚させた。

絶望した日和佐は陰湿に教授を恨み続けた。道具のように自分を使い捨てる男を。怨念《おんねん》はいつの間にか彼の中で凝り固まり、殺意というものを精製していった。そしてチャンスが巡ってきた。二人だけで遅くまで研究室に残った日、日和佐は教授を手に掛けた。教授の体を切り刻み、肉片にしてウツボカズラの捕虫嚢に少しずつ放り込んだ。このウツボカズラは飼い馴《な》らされた忠実な肉食植物だから。でも彼は知らなかった。教授が義眼だということを。ウツボカズラは教授の骨と肉は分解したが、たった一つ無機質のものは吐き出した。折しもその場面がカメラにとらえられたのだ。

「でもそれは全部あなたの想像でしょ？」

私は声が震えていることを気取《けど》られないよう、努めて素っ気なく言った。Mはなんとも答えない。代わりに残酷な映像を頭の中で繰り返す私の様子を味わうように、ねっとりと見回した。私はMの作り上げた妄想の迷路に誘い込まれた小動物だ。ウツボカズラの捕虫嚢にうっかり滑り落ちてしまったネズミみたいに、溶かされて分解されるのだ。唐突にそんな不吉な思いにとらわれた。もうこの男に深入りすべきではないと、私の本能が告げていた。

が、私は意地になってMにすがりついていた。彼に触れられるたび、体温が下がっていくような気分はどうしても拭《ぬぐ》えなかったが——。

　それなのにいくらもしないうちに私一人のものにならないMに苛立《いらだ》ち、喧嘩《けんか》が絶えなくなった。腹立ち紛れに、

「あなたはどうせ趣味の延長でカメラマンなんかやっているんでしょ？　こんなことしなくても食べていけるくらいの資産家なんじゃないの？」

と皮肉ると、Mは別に気を悪くしたふうもなくふふんと鼻で笑った（そうやって私をまともに扱わないところも気に障ることだった）。

「そんなことないさ。僕の父は女と出奔してしまった。僕が九歳の時に。だから母は苦労したんだ」と答えた。

　もしかしたら――と私は考えた。「花うつけ」の男はMの父親ではなかったのか？　花に憑かれて桜花の中の妖気《ようき》を孕《はら》んだ女によって異界に連れ込まれたのでは？　Mが桜の木の下まで近づいて写真を撮った様子は、いかにも自宅の庭というふうだ。医者が多い一族だと言ったが、診療所の建物が敷地内にあるというのは彼の家だからではないのか。父親は医業を放り出して花木の世話に没頭したのかもしれない。

　あの頃、Mの手伝いをして暗室の中で、印画紙に画像が浮かび上がるのを何度か見た。現像液の中でゆうらりと結ぶ画像が不思議でならなかった。あそこに写し取られたものはなんだったのだろう。フィルムに焼きつけられるものはこの世に存在するものだけではないのかもしれない。あの寒い暗室の中の、赤いランプに照らし出されたMの横顔を今も時折夢に見る。現像液の中に目を凝らすMは何を見ていたのだろうか。

　Mは山の奥でひとり満開になる孤高の大樹の写真を撮るという仕事のため、重い機材を担いであちこちの山を訪ね歩くようになった。初めのうちは自分で撮った写真を絵ハガキにして送ってきていた。赤みがかった若葉と同時に花開く山桜、筒状の花冠《かかん》を穂状につけて紫にけぶる桐、梢《こずえ》のいただきに九弁の大輪の白い花を咲かせる朴《ほお》の木。

写真を見ているうちに、Mも満開の花に魅せられているのだと思った。父を連れ去った女を捜してこんなふうに花の写真を撮り続けているのではないだろうか。彼も花うつけなのだ。

そういうことが続いて私たちは疎遠になった。今もザックに愛用のペンタックス6×7や三脚やシュラフを詰め込んで、Mは花を求めて山を嬉々《きき》として飛び歩いているのではないか。そんな気がする。

あの時の絵ハガキがどこかにあるはずだと捜してみたが、とうとう見つからなかった。

みどりの吐息

ゴォォォーッと山が鳴った。家がぎしぎしと揺れる。

亮司《りょうじ》は思わず首をすくめた。部屋の向こう側で老人がかすれた笑い声を上げた。

「大丈夫。あばら家だが、吹き飛んだりはせんよ」

「ええ、そうでしょうね」

亮司はそっとため息をついた。台風の夜にこんな山奥の一軒家に閉じ込められた不運を呪う。山がすぐ近くまで迫っているので、木々の枝が窓の外で激しくしなっている。天井からは年代物の笠《かさ》つきの電球が下がっていて、そのわびしい光によって部屋の隅にわだかまった闇をいっそう際立たせている。

隣の小さな台所で電気ポットの湯が沸騰してコポンと音をたてた。老人は杖《つえ》を支えにして椅子から立ち上がった。

「どれ、夕飯にするかね。と言ってもたいしたおもてなしもできんよ」

彼はブツブツと呟《つぶや》きながら台所に入っていった。左の足をわずかに引きずっている。

老人と同じくらい年取った猫がのっそりとその後を追う。

折れた枝が飛んできて窓に当たり、亮司はぎょっとした。窓に寄っていって、乗って来た軽ワゴン車が無事か確かめようとしたが、さっきまでは見えていた白い車体はすっかり闇の中に沈んでいる。この風雨の中、とても窓を開けることはできない。諦《あきら》めて寒々しい部屋に向き直った。九月も末、山深いこの地では、もうそろそろ暖房を始める頃だ。

亮司はこのずっと下の集落で唯一の雑貨屋を営む伯父《おじ》に頼まれて、時々山奥に住む老人たちの所へ配達に行く。たいていは夫婦だけか、一人暮らしの老人の世帯だ。この谷筋に沿ってぽつんぽつんとそういう集落が点在しているのだ。住人の多くはもっと便利のいい麓《ふもと》の集落に移住してしまっているのだが、少しばかりの頑固な老人たちは家まわりの畑を耕しながらまだ残っている。とうに限界集落も超えているような地域だ。

亮司は、高校を卒業して東京で四年半ほど暮らしたが、会社が不況の影響で倒産したのを潮に故郷に戻って来た。森林組合の臨時職員というポストを何とか見つけて働きだしてから八か月になる。不安定な職ではあるが、こんな僻地《へきち》でとりあえずは就職できたということからして僥倖《ぎょうこう》だといえる。だから、年老いて山道の運転に自信がなくなった伯父に代わって生活必需品を届けるのも、気晴らしになると思って二つ返事で引き受ける。もともと伯父にしたってこんな配達はボランティアでやっているようなものなのだ。たいして利益になるでもない商品をガソリン代と時間をかけて配達するのだから。

だが今日の配達には参った。台風が近づいてきているのは承知の上で、谷筋を上がって来た。あちこちの集落に残った世帯に品物を届けて、一番奥の岡田《おかだ》というこの老人宅を出た時には、風が強まってきていた。それまでにかなり雨が降っていて、細いくねくねした山道が冠水している箇所もあったので、急いで引き返したのだった。しかし、遅かった。カーブを曲がった先で土砂が道をふさいでいた。亮司は唖然《あぜん》としてハンドルに手を置いたまま道を眺めた。しばらくそうしていたが、のろのろと携帯電話を取り出した。

幸いなことに電話は通じた。伯父は、道路のことは役場に伝えておくと言った。

「だが、今日のうちにはどうにもならんだろうな」彼は申し訳なさそうに続けた。

「引き返して岡田さんとこに泊めてもらえ。わしが電話して頼んでおいてやるから」

自宅にも電話して事情を伝えたが、しだいに気分がふさいできた。たびたび配達するから顔見知りにはなっていたものの、岡田老は、もう九十をいくつか越えているように見える年寄りだ。亮司からすれば祖父といってもいい年代の老人の、それも独居宅に一泊するなんて考えられない。明日は日曜日だから出勤しなくてもいいとはいえ、受け入れがたい状況だ。だが、しだいにひどくなる風雨に押し返されるように車をＵターンさせた。

　岡田は快く家に招き入れてくれた。いつもは玄関先で品物の受け渡しをしているだけなので、彼の家に入るのは初めてだった。伯父から以前に聞いたところでは、岡田老は、もっと山奥の集落から出て来たのだという。この奥にまだ人が住んでいたとは信じられない。林道さえ通じず、かつて山子《やまご》と呼ばれた樵《きこり》が通った杣道《そまみち》しかないような土地だ。岡田の家は一人暮らしにちょうどよい小さな平屋だ。山懐にすっぽりと抱かれたように建っている。足を踏み入れた時、家具の少ない茶の間があまりにがらんとしているので、ふと違和感を覚えた。しかし、わびしい独居老人の家なんてこんなものだろうと思い直した。

　老人が一日の大半を過ごしているのであろう板敷の茶の間と台所と、寝室と物置と、部屋数はそれくらいだろうとざっと見当をつけた。

「ああ、テレビをつけてもいいよ。台風のニュースをやってるだろ。ＮＨＫしか映らんがね」

台所から岡田が声をかけてくる。亮司は古びたテレビに目をやったが、スイッチを入れる気にはならなかった。かわりに立ち上がって台所を覗《のぞ》く。そこも茶の間と同じく寒々としている。電気ポットのスイッチが保温に切り換わった。岡田から盆を受け取った。卓袱《ちゃぶ》台にそれを置く。コンコンと杖の音が後ろからやってくる。

「足が悪いからここで失礼するよ」

岡田は椅子を引っ張ってきてそこに腰を下ろした。よく太ったキジ猫が足元で丸くなる。

「さあ、やってくれ」

卓袱台の上にインスタントのカップ入り味噌《みそ》汁を二つ置いて岡田は言った。皿には柔らかいパンとチーズ、ほんのちょっとの野菜に載せた薄切りハム。さっき亮司が配達した食材からできあがった貧しい食事だ。

「いただきます」

亮司が手をつけると、岡田は嬉《うれ》しそうに微笑んだ。一度も結婚したことがないというこの老人は、人と向き合って食事をするということなど、たいしてなかったのかもしれない。皿からパンを取った岡田は、チーズの欠けらを猫に投げてやった。前足を伸ばしてそれを引き寄せた猫は、しばらく眺めた挙句いかにも億劫《おっくう》そうに呑《の》み込んだ。

まばらな歯でゆっくりと咀嚼《そしゃく》を続けていた岡田が、「うっ」と小さく唸《うな》って胸を押さえた。

「大丈夫ですか？」

亮司は仰天して食べるのをやめた。「ああ」という答えは呻《うめ》き声なのか、大丈夫だという意味なのかわからない。顔色がみるみるうちに悪くなり、額に細かな汗が浮かんでくる。ひどく具合が悪そうだ。亮司はおろおろと立ち上がった。それを岡田は手で制す。椅子の背もたれに身を預けてじっとしていると、なんとか発作は治まってきた。

「びっくりさせて悪かった。いや、なに、たいしたことはないんだ。時々こうなる」

岡田の言葉でまた綿のはみ出た座布団に腰を下ろした。

「どこか悪いんですか？」

多分心臓だろうと見当をつけながら問うが、岡田は曖昧《あいまい》に笑うだけだ。一気に食欲が失《う》せた。しかし無理して少量の食事をかき込んだ。たいして汚れもしない皿を岡田に代わって片づける。

茶の間に戻ると、岡田はリモコンを操作してテレビをつけた。

テレビでは地味なスーツを着た女性アナウンサーがニュースを読み上げていた。台風は日本列島を北上して関東地方にさしかかっていた。

「じゃあ、もうこの辺の風はおさまるだろうな」

亮司は、明日道が通じて家に帰れるのはいつになるだろう、とぼんやりと考えた。天気図を見ると、暴風雨域からもうじき脱するようにはなっている。早く山を下りたくてしかたがなかった。病気の老人と夜を明かすことになった身の上をもう一度嘆いた。いつの間にか岡田の膝《ひざ》の上に猫が乗っていて、亮司を見下ろしていた。

「○○市△△町の日《ひ》浅《あさ》神社の裏山が、今朝八時十五分頃崩落しました」

台風の被害状況を伝えていたアナウンサーが、東京郊外の町の名前を言った。

「ほう」猫の背中を撫《な》でていた岡田がふと手を止めた。

「土砂の一部が神社の境内に流れ込みましたが、今のところけが人などは出ていない模様です」

女性アナウンサーはきっと顔を上げて、わかるかわからないかくらいに眉根《まゆね》を寄せた。今から読むニュースで世界が変わるとでも言うように。

「斜面で倒れた木の中から人骨が見つかりました」

ジンコツという言葉を異国の言語のように発音する。そしてそれが視聴者の頭の中にいきわたるまで少しだけ待った。

画面が切り替わって、崩れた裏山が映し出された。その一部が青いシートで覆われていて、雨が激しくそれを叩《たた》いている。

「人骨は長い間、木の洞《うろ》の中に放置されていたらしく、木の生長によって内部の木肌に食い込むような形になっていました。死後数十年は経っていると見られます。警察は身元や死因、またなぜこんな場所で見つかったかなどを捜査していく方針です」

アナウンサーは言葉を切るとカメラを真っ直ぐに見詰めた。

「ほ……う？」

老人はつられてまた相槌《あいづち》を打った。

「では、次のニュースです」

急に興味を失ったようにアナウンサーは手元の原稿に視線を落とした。

また電気ポットがコポンと鳴った。岡田は猫をそっと床に下ろすと、台所に立った。そしてマグカップを手にして戻ってきた。卓袱台に置かれたカップの中には、何やらどろんと濁った液体が入っている。岡田はそれを苦そうに顔をしかめて一口ずつ飲んだ。漢方薬だろうか。漢方などで心臓の病気が治るとは思えないが、よけいなことは口にすまいと亮司はじっと老人のしぐさを眺めた。

「あのさっきのニュースですけど……」

気まずい空気を何とかしようと話題を持ち出した。

「○○市の日浅神社って、僕、知ってます。前、東京で働いていたから。あの近くのマンションに住んでいたんです」

マグカップの向こうで、岡田はぎょろりと目を動かした。

「あの神社って結構大きいですよね。一回だけ初詣《はつもうで》に行ったことがありますよ」

当時付き合っていた彼女のことを思い出して、ちょっと胸が痛んだ。

「そうかね。あんた、あの神社を知っとるのかね！」

意外な反応に亮司の方が面くらった。

「ええ――」

「じゃあ、あの木を見たことがあるかね？」

「木？　それって人骨が中に入っていたっていう――？」

「そうだ。あの木はヒメシャラの木なんだが……」

「いえ。岡田さんは何でそんなこと知ってるんです？」

身を乗り出していた岡田は、ふと我に返ったように小さく息を吐いた。

「わしもな、あそこに住んでいたことがあるんだよ」

リモコンを持ち上げてテレビを消す。外で荒れ狂う風の音がにわかに大きく響いてきた。

「もうずっと昔、戦後すぐの頃だが」

「そうなんですか」

偶然だとは思ったが、とりたてて驚くほどのことでもない。それも戦後の頃と数年前とでは話が合うわけがない。

「でもなんで木の中に人の骨が入っていたりするんですかね。洞の中に入り込んで出られなくなっちゃったのかな」

「いや、そうじゃない、そうじゃないんだ」

興奮ぎみに岡田が言い、ゴホゴホと咳《せ》きこんだ。彼はまた胸のあたりを押さえて、痛みが治まるのを待った。

「そうさな、まだ寝るには早いし、若い人にこんなことを話すのはどうかと思うけど、退屈しのぎに話してみようか」

亮司はなんと答えていいのかわからなかった。

「多分、警察がどんなに調べてもわからんだろう。誰も思いもつかんよ。木に人が喰《く》われるなんてさ」

「木に喰われる――?」

床に寝そべった猫がミュウーと鳴いた。

わしがあの町に出て行ったのは、昭和二十一年のことだった。戦後の混乱期でね。東京は焼け野原。ひどいありさまだったよ。だがあの町は郊外で、戦火からは逃れていたからまだましだった。わしら田舎もんでもそうだが、戦争に負けたというショックを引きずっている人はもういなかった。なにしろ食っていかねばならんから。戦地から男たちが帰って来るし、食料や生活用品を商う闇商売が成り立つしで、あの町は妙な活気が溢《あふ》れてたね。人間てのはしたたかなもんだよ。ついこの前まで鬼畜米英を蹴散《けち》らせ、などと息まいていたのに、進駐軍の持ち込んだ缶詰や菓子類を手に入れて高く売ろうとするんだから。

そんな時だった。秋山《あきやま》という男と知り合ったのは。秋山はやっぱり戦地からの復員兵で、四十半ばくらいの年齢だったね。南洋の戦線を転々として生き抜いてきただけあって生きることに貪欲《どんよく》で、商売の目先もきいた。闇市で小さな店を出していたが、小金が貯まるとそれには見切りをつけた。奴は「これからは女ものを扱う時代だ」と言った。戦争が終わった時、全産業の女子労働者は三百万、女子挺身《ていしん》隊員は五十万だった。こんだけの人々が軍需産業から解放されたわけだ。世の中が落ち着いて「食」

もまあまあいきわたると、次は絶対に「衣」に目が向くはずだとね。

　秋山の読みは見事に的中した。米国の文化が、女性兵士や将校夫人を通じて日本の女性の装いに大きな影響を与えたんだ。洋服に目覚めた女性たちは洋裁熱に浮かされた。しかし素材の布地は既存の着物やモンペを改造するしかなかった。秋山はスフと呼ばれる人造絹糸の布を大量に仕入れたり、配給の毛布を染めて冬のオーバー用に売ったり、また軍需工場から払い下げられたミシンを扱ったりと、とにかく抜け目がなかった。

　わしはまだ二十そこそこの若造だったから、秋山の下でくるくると働くだけだった。いや、面白い時代だったね。知恵があれば、それに労を惜しまなければいくらでも儲《もう》けられるということを、わしはあの男から学んだ。あの話をしてくれたのは、そういう時だった。

　秋山はあまり酒をたしなむ男ではなかったが、珍しく酔ったせいで口も滑らかだったんだろうさ。

「俺がお前くらいの歳に何をしていたのか話してやろう」と言った。「今まで誰にも話したことのない、とびきり面白い話だ」とも。

　当時秋山が住んでいた古い長屋の一室でな。

秋山は、本来の意味での山師だった。昭和の初期には鉱脈を探して日本全国の山々を歩き回っていたそうだ。人跡未踏の深い山に分け入って山の相を見るんだと言っていたがね。そのやり方を奴に教えたのは父親で、最初は父親と山行をしていたという。だが、父親が病死したので一人でそれを続けていた。そうそううまく鉱脈に行き当たることはないから、賭《か》けみたいなもんさ。だが一つでも見つけられれば一生遊んで暮らせると、父親から聞かされて、秋山は若さにまかせて山を歩き回っていた。

どうせ世の中は金融恐慌によって暗い不安な時代だった。失業者が溢れていたんだ。街中にいたってまともな職につくことができないのなら、一発当てることを夢見て山をさまよっていた方がましだと思ったらしい。

ある山岳地帯の奥地に足を踏み入れた時だった。そこにいたるまでに親しくなっていた狩人《かりゅうど》たちから、秋山はこの山の森に棲《す》む奇妙な「山の民」のことを聞いていた。川が何本か流れ出していて、流域には縄文時代の遺跡もいくつか残っているから、この人々はその血を受け継ぐ種族なのかもしれない。とにかく文明に馴染《なじ》まない人々なのだという。

当然のことだが彼らは山のすべてに通じていて、特に薬草に詳しい。山に生える薬草からよく効く薬を作るので、里人はそれを買うのだという。いつも秋口に里に下りて来る以外は、山の中でひっそりと暮らしている。

「あいつらは森から離れては生きられねえのさ」

　狩人たちは言った。

「森の中で採れるものしか口にしない。山菜と木の実とキノコと自然薯《じねんじょ》と、ほんの少しの川魚と。獣肉は食べない。どうしてかって言うと、あいつらは火を使わないからさ」

　秋山が疑いの声を上げると、狩人たちは声を揃えて言い募った。

「本当さ。火が怖いんだ。秋が深まるまで里にいても、決して家の中の囲炉裏やカマドには近づかない。川魚だって、生のものを薄くそぎ切りにして口に入れるんだぜ」

　狩人は酒をふるまってくれながら、「山の民」の不思議な習俗や生活のことを話した。定住しない彼らは、いくつかの家族が寄り集まって一緒に行動していること。いつの間にか顔ぶれが変わっているから、そういう単位がいくつか存在していて婚姻などの交流が行われているらしいこと。だがこのところあまり小さな子供を見ないから、血が濃くなって子孫繁栄というわけにはいかなくなっているのではないかということ。

　酒に弱い秋山の頭に残ったのは、誰かが言った「山の民の女は別嬪《べっぴん》で働き者だ」ということと、「山の隅々まで知っている彼らに聞けば、鉱脈の在りかも教えてもらえるのではないか」ということだった。

狩人たちと別れた秋山は、一人で山の奥深くを目指した。原始の森の中へ。苔《こけ》に覆われた巨木とじっとりと湿った腐葉土。霧が地を這《は》い、頭上はるかな高みから光の筋が射し込んでいた。

秋山は水の音をたよりに歩いた。これも父の教えで、山の中の川床に鉱物の断層が露出していることもあるのだ。川は深い切れ込みの底を流れていた。崖《がけ》の上で立ち止まった秋山は、対岸に目を凝らした。

「向こう岸に十数人の人間が立ってこちらを見ていたんだ」

秋山はわしに言った。

「さっきまで人の気配なんてちっとも感じなかったのに。まるで重なり合った緑の紗《しゃ》の中から抜け出してきたみたいだった」

山の民は一言も発することなく、静かにそこを立ち去ろうとした。秋山は大声で呼びかけた。彼らはすぐに背後の鬱蒼《うっそう》とした森の中に消えてしまいそうだったから。秋山は崖から下りて後を追おうとした。どこにも谷へ下りる道はなかった。崖のへりを走っていた秋山の足元が崩れた。土石とともにあいつは谷底へ転落してしまったんだ。気がついたら森の中だった。いや、森の中の小屋に寝かされていた。山の民に助けられたんだ。彼らの家は簡単に移動できる組み立て式のもので、文字通り雨露がしのげる程度のものだった。

秋山は体中を打ち、片方の手首を骨折していた。折れた箇所には既に添え木が当てられていた。動けるようになったら、森の出口まで送って行ってやる、それまではここにいていい、と家長らしき男が言った。打ち身がひどくて秋山は小さく頷《うなず》くだけだった。どうやらその小屋は、病床についた秋山のためだけに作られたものらしく、誰も寄りつかなかった。家長の男と、その娘が秋山の世話をするために出入りした。男に鉱脈のことを尋ねてみたが、首を横に振るばかり。森の中でほとんど自給自足する彼らには、鉱物そのものの概念が伝わらないようだった。

娘はタエという名で、十八だという。いつも背中に二、三歳くらいの男の子をくくりつけていた。幼子を山の民の中に見かけることがないと言った狩人の言葉を思い出した秋山は、「その子はお前の子か？」と訊《き》いてみた。タエは首を振った。これは姉の子だが、姉はお産直後に死んでしまったので、自分が面倒をみているのだと答えた。

「太郎《たろう》は大事な子ですけん。大事に育ててやらんと」

秋山の体の擦り傷と打ち身は、山の民の薬草のおかげでどんどんよくなった。食べ物はやはり森の中で採れた植物のみで、あまり滋養があるとはいえなかったが文句は言えない。彼らも同じものを食べていた。

タエはしだいに秋山に打ち解けてきて、小屋の中で太郎を背中から下ろして走り回らせたりもした。タエは森の外のことを聞きたがった。利発で好奇心旺盛《おうせい》な娘だった。狩人が言ったようにとりたてて美人というわけではなかったが、森の底にいてあまり日に当たらないせいか、抜けるように白い肌をしていた。そしてそれは常にしっとりと湿っていた。林床の分厚い苔がたっぷりと水を含んでいるように。

秋山は退屈しのぎにタエにいろんな話をしてやった。学校へ行って習う文字や算用、黒い煙を吐く機関車、おいしい食べ物、洋装のモガやモボ、ラジオの番組、四十銭で見られる映画。流行歌だった「波浮《はぶ》の港」を歌ってやったりもした。「海」というものを見たことのないタエに、それを伝えようと言葉を尽くした。

秋山の怪我はひと月半もしたらすっかりよくなった。家長が来て自分たちはまた移動するのだと告げた。その時に帰り道のわかりやすい所まで送ってやろうと申し出、秋山も了承した。

「その時に俺はもうタエを連れて行く気になっていた」

秋山はわしに言った。

「人助けだと思ったんだ。こんな森の中で一生を終わらせるのはもったいない。この子なら外の世界でもうまく生きられるってな」

きれいごとだ。その後、あいつがタエにしたことを考え合わせるとな。

タエの方も、外から来た若い男に惹《ひ》かれたのか、自分を外に連れ出してくれる男にすがりつきたかったのか、夜に森を出ようと誘う秋山を拒まなかった。だが自分が育てている同然の太郎を置いていくことをしぶった。無論、幼い子を連れて行くわけにはいかない。ところが、こっそり寝床を抜け出して来たタエの後を太郎が追いかけてきた。月明かりの下、泣きもせずに真一文字に唇を結んでついてくる太郎が不憫《ふびん》で、タエは引き返そうとした。秋山はそんなタエの腕を放さなかった。

「いけん、いけん。太郎が森で迷うてしまう。大事な子じゃに。わしらの最後の子じゃに」

タエは泣いた。太郎が突き出た木の根に片方の足を挟まれて、これも大声で泣き出した。泣きながらもタエが遠ざかると、足を引き抜いて追ってきた。くじいた足で健《けな》気《げ》にも必死の形相で。太郎を打ち捨てたまま、秋山とタエは夜通し歩いて森を抜けた。

「タエもそれですっかり人生が変わったかもしれんが、俺もその時、親父の後を継いで続けてきた山師稼業からきれいさっぱり足を洗ったのさ」

秋山は父親の出身地である東京郊外の町に戻ってきた。山でタエに話したことは全部見せてやった。だがタエは喜びはしなかった。ただびくびくと怯《おび》え、太郎のことを思って泣いた。秋山はタエと暮らすために一軒家を借りた。あの日浅神社と隣り合った家だ。

太郎を忘れるためには、自分の子を産むことだ。しかし、いくら体を重ねてもタエは無反応だった。しまいには、冷たい死体を抱いている気分になってきた、と秋山は苦々しく言った。したたるような緑の中では、あれほど生き生きとしていたタエが急にみすぼらしく見えてきた。

「あいつは本当に枯れてきたのさ。森の中でしか生きられないと狩人の言ったことは本当だった。それにもう一つ――」

秋山はわしの方に身を乗り出した。

「あいつは火を怖がった」

だから煮炊きはできない。どんなに寒くても暖をとることもない。家の中はいつも火の気がなくて凍えるようだった。秋山はしだいにタエを疎ましく思うようになった。家にも寄りつかず、目ざとく見つけた儲け話に乗って稼いだ金もほとんど自分で使い果たした。金回りのいい時には、あちこちに女ができた。たまに家に帰ってみると、痩《や》せこけ青白い顔をしたタエが部屋の隅で縮こまっていた。

「山へ連れて帰って……」

　と小声で訴えるのを無視して、秋山はカマドに火をおこした。冷え切った体を温める秋山を、タエは遠くからじっと見詰めていた。

「その時一緒に商売を始めた奴に金を持ち逃げされて、俺も苛立《いらだ》っていたのさ。むかっ腹がたってしかたがなかった」

　タエの腕をつかんで火のそばに引きずってきた。タエは大きく目を見開いたが、抵抗する力はなかった。

「ほら、お前もあったまれよ。ほら！」

　つかんだタエの腕を燃え盛る火に近づけた。タエは身をよじって逃げようとしたが、秋山はそれを許さなかった。火傷《やけど》してもかまうものか、とタエの拳《こぶし》を火の中に突き出した瞬間、それはぼっと燃えだした。タエの腕に火がついたんだ。まるで乾ききった木切れみたいに。タエは細い叫び声を上げて自分の腕を土間の土に擦《こす》りつけた。火が消えて白い煙が立ちのぼる。タエが自分の腕を持ち上げた時、今度は秋山が悲鳴を上げて尻《しり》もちをついた。タエの片腕は炭になってしまっていたんだ。まだくすぶっている腕の先は焼けぼっくいそのものだった。

「お前、木の化け物だったんだな!!」

気を取り直した秋山は咄嗟《とっさ》にカマドの横の薪《まき》割りを手にした。

タエは外へ走り出た。夜目にも白いタエの体が遠ざかる。目指したのは隣の日浅神社だった。まだその頃は辺り一面寂しい武蔵野《むさしの》の雑木林が広がっていた。神社の裏山もそういう土地だった。かわいそうなタエは故郷の森の面影を求めたのかもしれない。

そんなタエを追ううちに秋山の心は残忍な思いで満ちてきた。

裏山のとっつきに手をついたタエが一瞬振り返った。もう死を覚悟した目だった。それでもタエは手足をさかんに動かして斜面を登ろうとした。その背中に、秋山は薪割りを打ち下ろした。タエの背中はスパッと縦に裂けた。体の中に生白い繊維が見えた。タエはもう木に戻りかけていた。足は地中にもぐって根を生やし、背が伸び上がって葉を繁らせた。幹の中ほどに消えていきそうなタエの顔があった。秋山はぐるりと木の前に回り込んでその顔と対峙《たいじ》した。木目に紛れ込もうとするタエの目鼻立ち。小さな円形の洞になっていきつつある口はもう言葉を発することはない。そのかわり、秋山に向かってほうっと吐息を漏《も》らした。

「青くさい、緑の匂いだったね」秋山は遠くを見るような目で言った。「それがあいつの最期だった」

ヒメシャラの木になってしまったタエの背中には、秋山が薪割りでつけた裂け目が縦にパカンと開いていた。秋山は薪割りを手に提げて後ずさると、踵《きびす》を返して家に帰った。

「その木は今もあそこに立っているのさ」

締めくくりに秋山はそう言った。しばらくぽかんとしていた挙句、わしはそんな話は信じられんと言った。そうだろ？　おそらくは酔ったうえでの戯言《ざれごと》だ。そうに違いない。わしが信じないので秋山はむきになった。今から日浅神社にその木を見に行こうと言いだした。夜も更けているし、わしはしぶった。だが秋山は妙に頑固なところのある男で、どうしてもと言い張る。そのうちあいつに逆らう方が面倒になってきて、わしは重い腰を上げたのさ。

　小一時間も歩いて、わしら二人は日浅神社にやって来た。鳥居が見えた時にはほっとしたね。秋山は石段を上り、社殿を迂回《うかい》して裏へ回った。月明かりが裏山の木々を照らしていた。秋山が指し示すヒメシャラは、斜面のそんなに高くない場所に立っていた。わしらはへっぴり腰で斜面を登った。木の後ろには、なるほど長々と亀裂が入っていた。秋山は「ほら見てみろ」とでもいうふうにわしの方を振り返った。片手をその亀裂にそっと這わせていた。

　その時だった。秋山の指が木の中にめり込んだのだ。いや、ヒメシャラがあいつを引っ張り込もうとしていたんだ。秋山は木に向き直って、信じられないように自分の手を見た。その時にはもう手首までが呑《の》み込まれていた。あいつは気が動転し、喚《わめ》いて手を引き抜こうとした。だがヒメシャラは、いや、タエは決して奴を放さなかった。ずぶずぶと肘《ひじ》までが木に呑まれた。自由な方の手で突っ張ろうとすると、その手も引き込まれた。

「おい、何してるんだ！　助けてくれ!!」

その声を聞いて、わしは秋山に駆け寄った。そして――。

そして、あいつの背中を思い切り押した。ヒメシャラの裂け目は大きく開いてあいつを迎え入れたよ。タエは長い間待っていたんだ。秋山が戻って来るのを――。

あいつはメリメリと木の中にはまり込んだ。裂け目が閉じるのを、わしは茫然《ぼうぜん》と眺めていた。秋山は喰われてしまったんだ。ヒメシャラの木に。

そこまでしゃべると、岡田老は痰《たん》のからんだ咳をした。

亮司はごくんと唾《つば》を呑んだ。部屋の中に静寂が満ちた。いつの間にか雨も風もやんでいた。台風は無事に通り過ぎたようだ。

「なぜ――」

喉《のど》がカラカラでうまく言葉が出てこない。

「なぜ、あなたは秋山の背中を押したのですか？」

それには答えず、岡田はまたうつむいて胸を押さえた。苦しげな息づかい。

ヒューヒューというか細い音を聞きながら、亮司は思いを巡らせた。

木が人を喰うなんて、そんなことがあるだろうか？山の森の中に棲む「山の民」とはどんな種族なんだろう。それに答えるように岡田が声を振り絞った。

「『山の民』は、死んだら木になるのさ」

これは果たして本当のことなのだろうか。岡田にからかわれているのではないのか。寂しい一人暮らしの老人が生み出した妄想に付き合わされているだけではないか。

「森で生まれたんだからね。そこでしか生きられない。よそへ連れて行くなんて――」

また一呼吸おく。さっきと同じだ。顔色が一変して黒ずむ。

漢方薬を持ってくるべきだろうか。亮司は逡巡《しゅんじゅん》した。あんなものが効くのか？　まるで薬草で手作りしたような代物じゃないか。

薬草？

この家に入った時に感じた違和感に、亮司はようやく気がついた。ここへは一度も灯油を配達したことがない。だから漠然と薪ストーブがあると思っていたのだ。この辺ではそんな古い暖房器具がまだ幅を利かせていた。だがそれがなかった。

さっき食べた夕食はどれも火を通さずにできるものばかりだった。台所にあるのは電気ポットだけ。

この家には火の気がない——。

いつも伯父が書いて渡してくれる配達メモに書かれた岡田の名前。あれは——？

岡田は何とか息を整えて杖をたぐり寄せた。立ち上がろうと椅子の上でひと苦労している。亮司は思わず手を貸した。そろそろと戸口に向かう岡田老に寄り添いながら尋ねた。

「太郎はあなただったんですね？」

岡田はその問いには答えずに引き戸を開けた。

外の清冽《せいれつ》な空気が流れ込み、亮司は身震いをした。岡田の方は逆に確かな足取りになり、前庭に踏み出した。

「杖に頼りだしたのは年取ってからだが、わしは小さい頃から左足がちょっと不自由だった。あの時、森の中で根っこに足を挟まれてな、おかしなふうにねじってしまったせいだ。タエの後を追いかけて迷い、まる一日森の中を歩き回っとったから。わしの一族に見つけられた時には足首が曲がってしまっとった」

火を怖がる民。薬草から巧みに薬を作る民——木と近しい種族。

空の雲は吹き払われ、明るい月が出ていた。

「あの時と同じだ。タエの木が秋山を喰った晩と」

空を見上げて岡田は言った。

「あなたは初めから知っていたんだ。秋山がタエを連れて行った男だって。あなたは——」

岡田は乾いた笑い声を上げた。もう前庭の中ほどまで来ていた。

「だから秋山の背中を押したんだ」

亮司は急いで言葉を継いだ。

「秋山に復讐《ふくしゅう》するつもりで近づいたんですか？」

岡田は足を止めて亮司に向き直った。

「復讐？　まさか。わしはただあの木がどこにあるか知りたかっただけだ。秋山の話を信じられないと煽《あお》りたてれば奴はむきになるだろうとわかっていたから。あの結末は多分——タエが望んだことだったんだ。わしはほんの少し力を貸しただけさ」

岡田は方向を転じて山に向かって歩きだした。ひっそりと老猫が付き添っている。

「だがもう昔のことだ。わしがあの一族のたった一人の生き残りだ。皆、山の木になってしまったよ」

家の横手には、山へ続く細い道が通じていた。山のとば口で亮司は岡田を支えていた手を離した。ここから先は彼らの領域だ。

老人は一つ頷くと、杖を頼りに山道に足を踏み入れた。ゆらゆらと老人は遠ざかる。影のように猫が足元にまとわりついている。

「ひとつ訊いていいですか？」

亮司は後ろから声をかけた。

「なぜあなたは、秋山の居場所がわかったんですか？」

岡田の声は山の音と混じり合った。葉ずれの音、風の音、小さな動物が走り抜ける音、地下を流れる水の音と。

「タエが奴にみどりの息を吹きかけておいたんだよ。あの匂いはどんなに遠くにいてもわしらにはわかる」

岡田が歩を進めるにつれ、差し交わす枝々が二つに割れてはまた閉じた。まるで仲間を迎え入れるように。やがて老人の姿は、黒い森の中に消えてしまった。

明日の朝、この山の木が一本増えていたとして、誰が気にするだろう——亮司は思った。

冴《さ》えた月の光が、濡《ぬ》れた常緑樹の葉を一枚一枚照らしていた。山の木々がいっせいにみどりの息を吐いたような気がした。

犬嫌い

私の母は八人兄弟の末っ子で、一番上の姉とは二十以上も年が離れていた。姉の子供、つまり私にとっては従姉妹《いとこ》にあたる人は光枝《みつえ》という名で、私よりもやっぱりうんと年が上だった。

私が小学生の頃、うちの一家は光枝の家のすぐ近所に住んでいた。当時私は九つか十で、光枝は三十をいくらか過ぎた年齢だったと思う。その数年前に光枝の両親は、次々と他界していた。だから私が憶《おぼ》えている彼女は、古い木造の平屋に一人で住んでいた。

私の両親は、夫婦で新しい商売――塩干物の卸し業――を始めたばかりで、帰りが遅くなることがしばしばあった。そういう時には、私は光枝の所に寄って母の帰りを待った。母も自分の姪《めい》に当たる光枝には気兼ねがなかったのだろう。しだいに私は光枝の家に入り浸るようになった。私は友だちと遊ぶよりも本を読む方が好きな早熟な子供だったし、光枝は母が、「ちょっとここが足らんのかと思うくらい人のいい娘《こ》」というような人だったので、私たちはうまが合った。お互いに「みっちゃん」「まあちゃん」と呼び合っていた。

たいてい毎日、私は学校帰りに光枝の家に寄った。光枝が留守の時は、勝手口の横のサボテンの鉢の下から鍵《かぎ》を取り出して勝手に上がり込んでいた。光枝はどこかに働きに行っていたはずなのだが、何をしていたのかはよく憶えていない。多分、たいして専門的な職に就いていたわけではなかったろう。港が近かったからフェリー乗り場の売店や食堂で働いたりしていたのだと思う。

光枝はころんと丸い体型をしていて、しゃべり方もその体型に似つかわしく、ゆったりとしていた。

「あのなあ、まあちゃん、うちなあ――」

と話しかけてくる光枝の声は、今も私の耳の奥に残っている。三十になるまでに、私の母は光枝をどこかへ縁付かせようと躍起になった時期もあったらしいが、その努力はことごとく水泡に帰したようだ。器量がいいわけでも財産があるわけでもない、気のきいた会話が出来るわけでもない娘に手を焼いて、とうとう母も匙《さじ》を投げた。

一人娘どうしが仲良くしているのを見て、父も「まあ、ええがな。まあちゃんもなついとるし」などと言っていた。子供みたいな光枝だけしかいない家は、私にとってはすこぶる居心地のいい場所だった。母が夕食までに帰れない時のために、光枝にいくらかのお金を渡してあったので、そういう時は、

「まあちゃん、今日何が食べたい？」

と光枝は尋ねてくる。私が「カステラとアイスクリーム」などと、とんでもない答えを言っても、光枝は面白がって自分も同じものを食べた。

私たちはよく一緒にお風呂《ふろ》にも入った。光枝の肌は餅《もち》のように白くたるんでいた。その年まで独身だったからといって、彼女がおくてだったということはなく、男女の性愛についても私は光枝から学んだ。男と女がどういうふうに睦《むつ》み合うかを身振り手振りを交えて教えてくれた。その表現法は、あの年の私にはとてもわかりやすかった。

「みっちゃんは、そういうこと、したことがあるん？」

と私は尋ねた。

「あるよ。島田《しまだ》君と梶浦《かじうら》さんと」

と光枝は名前まで挙げて答えた。

「それ、気持ちよかった？」

私は本から得た知識を頭の中から取り出して畳みかけた。すると光枝は、ふっと顔を曇らすのだった。

「気持ちええことなんかないよ」

そう言ってから、はっと私を見返して、

「あ、それ、うちのことやけんな。まあちゃんは気持ちええかもわからんよ」

と取り繕った。

「結婚したら毎日、そういうことせないかん。じゃけん、気持ちええ方がええよ。でもな、うち、気持ちようなかっても結婚したい。結婚して赤ちゃんが産みたい」

が、とうとう光枝は結婚することも赤ん坊を産むこともなかった。


光枝は犬が嫌いだった。

何でも打ち明け合っていた私たちだったから、私は、光枝の犬嫌いと性に対する拒絶反応とが微妙に関連している事情を知っていた。

光枝の両親がその家を買ったのは、光枝が小学校にあがる前のことだったらしい。そこは山を切り崩して造成した広い宅地で、似通った形の建て売り住宅が次々に建てられていた。光枝の一家は早いうちにそのうちの一軒を購入して入居したから、まだ周囲は空き地ばかりだった。どんどん家が建てられていたので、トラックや建築業者がしょっちゅう出入りし、建設作業員が休憩するプレハブ小屋も建っていた。

光枝が五つの頃のことだった。夕方空き地で遊んでいると、その隣に新しく建った家の敷地内から大きなシェパードがいきなり吠《ほ》えかかってきた。あまりに突然のことだったので光枝は体がすくんでしまって、その場で大声を上げて泣いた。そこへ中年の男が通りかかった。光枝を抱き上げて、すぐそばのプレハブ小屋の中へ入れてくれた。犬の声は遠ざかった。光枝は、その男が助けてくれたのだとばかり思っていたのだが、そうではなかった。誰もいない薄暗いプレハブ小屋の中で、光枝はその男にいたずらされたのだった。

小さかったので、具体的にどんなことをされたのかはもうよく憶えていないと光枝は言った。ただその男が下半身を露《あら》わにして、それを握るように言われたことだけは憶えているのだった。男が取り出した赤紫色に張りつめた器官が、蛇のようにぬらぬら光っている様は、幼い女の子を震え上がらせるのには充分だったろう。男が光枝の手を無理やり取ってそれに添えさせると、どくんどくんと脈打っていたのだ、と光枝は言った。

「おしまいには、その蛇が白くてネバネバしたもんを吐き出して、うちのワンピースにまで飛んできたんよ」

冷静に考えると、光枝はただ男のマスターベーションの手伝いをさせられただけで、身体的な傷害を負わされたわけではなかったとわかる。でもその出来事は、五歳だった光枝と、それを聞いた十歳の私とを戦慄《せんりつ》させた。その白い液の匂いがプールの消毒をするカルキのそれに似ていた、と光枝が言ったものだから、それから当分私は水泳の授業のたびに吐き気を催した。

多分、その男は建設作業員の一人だったのだと思う、と光枝は言った。どんなに思い出そうとしても、その男の顔の部分は灰色に塗り潰《つぶ》されているのだと。ただ、下着を下ろした時に男の腹にケロイド状の手術痕《こん》があったのは憶えているらしい。その男が光枝の手を使ってマスターベーションをしている間中、光枝は恐ろしい蛇から目を逸《そ》らして、その傷痕《あと》を凝視していた。盛り上がった肉が形づくるケロイドは特徴的で、その形だけは今でも絵に描ける、と言って光枝は実際に私の帳面の片隅にそれを描いてみせたりした。引き攣《つ》れた日本地図に似ていた。

その衝撃的な出来事が、光枝にトラウマを与え、犬嫌いとセックスに対する嫌悪感とを植えつけたのだ。

その年の夏、光枝はある男と付き合いだした。光枝の職場に商品を納入しているという北田《きただ》公和《きみかず》という男は光枝より少しばかり年下で、背が高くてなかなかの男ぶりだった。光枝が夢中になるのも無理はない、と私は思った。

北田は、すぐに光枝の家に転がり込んできて一緒に暮らし始めた。問題は北田が無類の犬好きで、一頭の大型犬を連れてきたことだった。その犬はハウンド種で、白地に黒と茶のぶちの模様、垂れた耳が特徴だ。これはもともと狩猟目的の犬なので運動量が多く、がっしりした体型だった。名前はジョンといった。

光枝はジョンを見て震え上がった。北田は、そんな光枝にはおかまいなしに庭にジョンをつなぎ、犬小屋を作ってやった。血統書付きかどうかは知らないが、今までの飼育環境があまりよくなかったとみえて、ジョンは躾《しつけ》のいい犬とはいえなかった。わがままで行儀が悪く、北田の命令はよく聞くが、光枝や私を見下しているようなところがあった。犬が苦手という光枝の気質をすぐに見抜き、時々わざと吠えついてみたりもしていた。

それでも光枝は犬をどうにかしてくれとは、北田に言い出せないでいた。「結婚して赤ちゃんが産みたい」と言ったいつかの光枝の言葉を思い出して、私はちょっとせつなくなった。複雑な思いは、私の両親も同じだった。きちんと籍も入れていない男女がひとつ屋根の下に住むなんて世間体が悪い、と一度は苦言を呈したのだが、もうこれが光枝にとっては最後のチャンスかもわからないと思うと、あまり強いことは言えないのだった。

母は私に、あまりもうみっちゃんの所には行かない方がいい、と言った。

「あんたももう五年生なんやけん、一人で留守番くらい出来るやろ」と。

しかし、今度は光枝の方が私に来て欲しがった。北田が仕事の都合で遅くなる時、光枝がジョンの散歩をしなければならないのだ。そういう時は、光枝が夕方私を呼びに来た。私がジョンの引き綱を持ち、光枝がこわごわその後をついて来るという、おっかなびっくりの散歩だった。散歩のコースは決まっていて、近所の小高い丘に登ってその頂上付近をぐるっと回って来るというものだった。その丘は半分は墓地で、半分は雑木林になっていた。そうやって私が行ける時はいいけれど、私が高学年になって部活動を始めたり、ソロバンを習ったりし始めると、どうしても光枝一人でジョンの散歩をしなければならない時がでてきた。それまでに光枝もジョンにはだいぶ慣れてはいたが、一人で散歩に行く時、光枝がポケットの中に果物ナイフをしのばせているのを私は知っていた。一度雑木林の辺りでジョンに歯をむかれたのがたいそう怖かったから、万一の時、身を守るために持って行くのだと光枝は言った。

そういうふうにして、光枝と北田との生活は何とか続いていた。

「早よう、結婚したらええのにな、みっちゃん」

母は時々そう言った。

「みっちゃん、赤ちゃん、出来るやろか」

と私も口にした。光枝は北田が好きで、彼の赤ん坊が産みたいのだ、と思った。だから気持ちよくないのに我慢してセックスしてるんだ。そう思うと私も体の芯《しん》が甘く、痛いような気がした。

ジョンを巡る問題は、光枝だけのものではなかった。光枝の隣に年寄りの夫婦が住んでいたのだが、その二人がしょっちゅう犬に関する苦情を言ってくるのだ。「犬の鳴き声がうるさい」「犬の毛が飛んでくる」「臭い」などというお定まりの苦情だ。北田は普段はもの静かな男なのに、犬のことになるとすぐにカッとした。言い返す語気が荒くなり、坂井《さかい》という隣家の老人と言い争うことが多くなった。

「だいたい、お前が男なんか連れ込むんが悪いのや」

北田が家にいない時に坂井はやって来て、ねちねちと言い募った。光枝は言い返せずに困惑した視線を私の方に送ってくる。子供の私が助け船を出せるはずもなく、私も黙ってうつむいた。

「あの男は年上のもんに対する口のきき方がなってないわ。あんな奴のどこがええんじゃ。そら、お前は布団の中ではええ思いさしてもろとるかしらんが、こっちはええ迷惑じゃ」

坂井はそんなことを言い、光枝の体をねっとりとねめ回した。

「とにかく、うちの婆さんはあの犬が来てから体の具合が悪なってしゃあないわ。早よ何とかしてくれ」

坂井は、そう言い捨てると出て行った。

「すんませんでした」

光枝はもう誰もいないのに、玄関の扉に向かって頭を下げた。

この坂井という老人とは、散歩の途中でもよく出くわした。坂井も足腰が衰えないようにと日々よく歩いていて、雑木林のある丘も散歩コースに入っているのだった。当時八十近かったこの老人は時折、雑木林の脇の崖《がけ》っぷちになっている所で、堂々と立ち小便をしていることがあった。そういうところを遠目で見つけると、光枝と私は回れ右をして帰ってきた。ジョンは不満げに鼻を鳴らした。

「あのクソ爺《じじ》ィ、崖から足滑らして下へ落ちてしもたらええのに」

私が言うと光枝は、

「まあちゃん、そんなこと言うたらいかんよ」

とあわてて言った。私は余計に意地の悪い思いにとらわれ、

「あの下に落ちたら、上から見たって絶対わからん。ちょうどええわ」

などと続けた。高い崖の下には灌木《かんぼく》が生い茂っていて、その上をクズやらカズラやらの蔓性《つるせい》植物が覆っていた。その植生はかなり広範囲に広がっていたから、あの中にすっぽりと落ちたらまず見つからないだろうなと思ったのだ。ジョンがぐいっと引き綱を引いたので、私はそれにつられてタッタッと先へ進んだ。

ずっと後になってから、そんなことをふと口にしてしまったことを後悔することになるのだけれど。

北田が光枝の所にじっくりと腰を落ち着け、犬の世話をかいがいしくしていたのは、ほんの二か月ほどだった。仕事が忙しいと帰りが遅くなる日が増えてきて、私はしょっちゅうジョンの散歩に付き合わされた。私とジョンの後ろをついて来る光枝の表情は沈んでいた。子供心にも、北田との間がうまくいっていないのだということがわかった。

やがてどう考えても仕事だけでは説明がつかないほど、北田は外泊をくり返すようになった。私は、光枝がしょげているのがかわいそうで、時々泊まりに行った。行く

たびに北田の荷物が減っていくのがわかった。

「たいていどこかに別の女がおるんやろ。身持ちの悪い男やったんやな」

と母が私の前で北田をなじり、父にたしなめられた。そんなふうに荷物は減っていくのにジョンは置いたままだった。北田が犬をかわいがったのも、彼の気まぐれにすぎなかったのだ。もしかしたら光枝と暮らしたのは、大型犬をゆったりと飼える庭付きの家が欲しかっただけなのかもしれない。犬に興味がなくなると同時に、光枝にも愛想をつかしたということか。そういうふうなことを私が口にすると、

「そんなんと違うんよ」

と光枝は寂しげに笑った。私たちは向かい合って湯船につかっていた。

「あのな、うちはな、こんなに長い間男の人と暮らしたことがなかったやろ。うちは北田さんのこと大好きやったけど、気持ちが好きっていうだけではいかんのよ。体でも好きって言わんと」

私は豊満な光枝の胸と、自分の貧弱な胸とをそっと見比べた。こんなに豊かな体で愛し合っても、やっぱり光枝は気持ちよくなかったんだ。そんなことしたくなかったんだ、と改めて思った。

布団の上に寝転がると、寝間のすぐ外にジョンがつながれているのがわかった。ジ

ョンが鎖を引きずって歩き回ったり、前足で土を掘ったりする音が間近に聞こえてきた。光枝が犬から連想するのは、あの忌まわしい五つの時の出来事だ。この部屋で、前に光枝が私に教えてくれたような男と女がすることをしても、ただ光枝は身をすくませていただけだろうな。

——体でも好きって言わんと——。

光枝は性的いたずらをされたために、男の人としんから睦み合えなくなったのだ。そのせいで北田が離れていったのだと思い込んでいる。いったいどうしたらいいのだろう。たった十一歳の私には、重すぎる課題だった。どんなに多くの本を読んでもそんな答えは得られないだろう。

とうとう北田は、少しばかりの荷物とジョンを置いたまま、光枝の許《もと》から去った。それでも光枝はジョンの世話をし続けた。そうやってジョンを飼っていれば、また北田が戻って来てくれると思っているのかもしれなかった。

「みっちゃん、よっぽど赤ちゃんが欲しいんやな」

と私が言うと、母は「あほらし」と言った。

飼い主に捨てられたことがわかるのか、ジョンの気性も荒くなった。怖がっている光枝を威嚇《いかく》するような様子がみられた。実際、光枝は一度咬《か》みつかれもした。

その頃私の通っていた小学校は、翌年に創立七十周年を迎えようとしていた。私は「七十周年記念誌」の編集委員に選ばれて毎日帰りが遅くなった。そのせいで、光枝の所へ行くことが出来なくなった。光枝は一人で律儀にジョンの世話を続けていた。ジョンに咬みつかれたのはそんな時だった。餌をやろうとした時にいきなりだったそうだ。たった一人で光枝はどんなに恐れ戦《おのの》いたことだろう。彼女の手に巻かれた白い包帯を見ると心が痛んだ。それなのに母は、「この犬、狂犬病の予防注射しとるんやろね」などと無神経なことを言い、よけい光枝を震え上がらせた。凶暴な犬に咬まれることと、死とがまだ容易に結びつく時代だった。

ある日学校から帰ると母が、ジョンがいなくなったらしい、と告げた。散歩の途中でいきなり走りだし、綱をつけたままどこかへ行ってしまったということだった。私は、光枝はさぞかし落胆しているだろうな、と思うと同時に少しほっとしたものだ。ジョンは光枝にとって桎梏《しっこく》となっていたのだから、それが一番いい形でなくなってくれたと思ったのだ。光枝のことは気になったけれど、私は忙しさにかまけて彼女の所に寄らずにいた。

ある日の夕方、私は急ぎ足で家に向かっていた。重いランドセルの肩紐《ひも》が食い込み、私は疲れきって歩いていた。ジョンとの散歩コースだった丘の下を通りかかった時だ。上の雑木林から犬が激しく吠える声がした。その吠え声には聞き覚えがあった。ジョンの声だ。光枝の手を振り切って逃げたものの、遠くへ行くことなく雑木林の中に隠れていたのだ。私は、大急ぎで丘の上へ登って行った。雑木林の中は暗くて、その中に一人で足を踏み入れるのはためらわれた。犬の声は奥の方から響いていた。

「ジョン、ジョン！」

呼び戻してどうなるのか、と思いつつも私はそう声を掛けずにはいられなかった。犬は出て来る気配はない。私は意を決して林の中へ入っていった。下草をガサガサと掻《か》き分ける音がして、ジョンはどんどん奥へ行ってしまう。細い枝々に顔を引っ掻かれながら、私は立ち止まった。ふいに背中の産毛がぞわっと立ち上がった。なぜなんだろう。ここにいてはいけないと、私の本能が告げていた。私は大急ぎで踵《きびす》を返すと、雑木林を出た。そのまま一目散に家まで駆けて帰った。

一週間ほど経ってから、私はやはりジョンのことを光枝に話しておくべきだと思った。その日は比較的早く家に帰れたので、ランドセルを置いてから光枝の家に出掛けていった。光枝は留守だった。いつものように私は勝手に鍵を開けて上がり込んだ。そして台所の椅子に腰かけて、持って来た本を読みながら光枝の帰りを待った。

どれくらい経っただろう。台所の窓の下で音がした。重々しい肉体を持つ獣の足音。その肉球がリズミカルに土を踏む音だ。私は、はっと顔を上げた。すぐそばの勝手口の外で犬の鼻息がした。すぐさま木製の勝手口が外から爪でガリガリと引っ搔かれた。ジョンが後ろ足で立って扉を搔いているのだと思った。私は椅子から立ち上がると、つっかけを履いて勝手口のノブを回した。

「ジョン！」

扉は何の抵抗もなくすっと開いた。私はつんのめるようにして裏庭に出た。ジョンはいなかった。かすかに獣の臭いがした。私は急いで扉を閉めた。心臓が早鐘のように打っていた。

帰って来た光枝に、ジョンが戻って来て家の周りをうろついているみたい、と告げた。でも私は犬の姿を見たわけではないのだ。光枝は真っ青な顔をして凍りついた。小刻みに震える唇を両手で押さえると、その場にしゃがんでしまった。

「まあちゃん、今晩、泊まりに来て。なあ、ええやろ。明日お休みやし」

そう懇願されて私は頷《うなず》いた。

夜、いつものように寝間に布団を並べた。

「まあちゃん、手をつないで寝て」

小さな子供のように光枝は、布団の中の私の手を探った。彼女の手のひらは、じっとりと湿っていた。

夜中に私は、何かの物音を聞いたような気がして目を覚ました。音は庭の方から聞こえてきていた。私はすっかり目を覚まして神経を研ぎ澄ませた。ザラザラと何かを土の上で引きずっている音。鎖の音だ。鎖につながれた犬が歩き回っている。クンクンと小さく鳴いている声もした。私は起き上がろうとした。けれども光枝の手が私の手をぎゅっと握っていて離さなかった。私は、はっとして隣の布団を見た。光枝は起きていた。掛け布団の下で怯《おび》えきっていた。大きく開かれた光枝の両の目が私を射すくめた。

「みっちゃん、ジョンよ。ジョンが今、庭におるんよ」

私が囁《ささや》きかけると、光枝は激しく首を振った。

「開けたらいかん。まあちゃん、あれはジョンじゃないんよ！」

私は光枝の手を振り切った。障子を開け、ガラス戸の鍵を開けるのももどかしかった。その間も私が出て来るのを待つように、ジョンが鎖をガチャガチャいわせ、あまえるようにクフクフと鼻を鳴らしていた。縁側を爪で掻く音さえした。私は思い切って戸をガラリと開いた。

サーッと夜気が部屋の中に流れ込んできた。白々とした月の光が庭を照らしていた。何もいなかった。錆《さ》びついた鎖が犬小屋の前にきちんと巻かれて置かれてあった。それだけだった。私は唖然《あぜん》としてその場に立ちすくんでいた。背後の布団の中で光枝が泣いていた。私はゆっくりと戸を閉めて、光枝の布団のそばに座った。

「あれ、毎晩来るんよ」

「何が？」

「ジョンの幽霊」

私は息を呑《の》んだ。

「幽霊？」

それから光枝は黙り込んだ。泣き声もしなかった。もしかしたら光枝は、寝ぼけておかしなことを口走ったのかもしれないと思い始めた頃、

「ジョン、うちが殺してしもたけん」

とはっきりと光枝は言った。私は言葉もなかった。光枝は吐き出すように一気にしゃべりだした。

「うち、一人で散歩しよった時、ジョンが急に飛びかかってきたんよ。歯をむきだし

て。怖かった。ほんとに怖かったんよ。やけん、夢中でポケットからナイフを出して――」

「ジョンを刺したん？　ほんとに死んだん？」

光枝は布団の中でコクコクと頷いた。

「まだ生きとったかもしれん。あの崖のとこ。北田さんに知られたら怒られると思うたけん、あそこから落とした」

「ああ……」

私は、あの崖から放られてはるか下の繁みに落ちていくジョンの姿を思い浮かべた。

私の背後の庭で、またジョンが鎖を鳴らした。

ガチャガチャ、ザラザラザラ

私と光枝は、じっとその音に耳を傾けた。その音を聞いているうち、私には、はっきりと見えてきた。光枝を犬嫌いにしてジョンを殺させたのも、好きな人に抱かれても嫌悪感しか感じさせなくしたのも、たった一人の男が原因だ。三十年近くも前に光枝にいたずらした建設作業員の男。ジョンを殺したのは光枝ではない。あの男なのだ。

ジョンがはっきりと一声、ワウと鳴いた。

ジョンは、それからも何度も光枝の所の庭に戻って来た。私も泊まりに行った時に、鼻息や歩き回る音を聞いた。私と光枝は、静かに横たわってジョンの気配を感じた。光枝はもう怯えもしないし、取り乱しもしなかった。光枝は、それまでの光枝と違って強くなったような気がした。それはちょうど、私が子供から少女に変わる時期でもあった。私と光枝とは、手を携えて何か目に見えないものを乗り越えたような気がする。ジョンの気配はしだいに消えていった。

私は光枝を、光枝は私を、もうあまり必要としなくなっていた。

私が中学生になった年、光枝の隣の坂井の妻が死んだ。一人暮らしになった坂井は、認知症がぐっと進んだようだった。足だけは丈夫だったので、坂井はあちこちを徘徊《はいかい》した。中学校で、あの爺《じい》さんは露出狂だという噂が立った。女子中学生が通りかかると、これ見よがしに下半身を見せながら、立ち小便をするのだという。ＰＴＡでも問題になって、交番の警察官が厳重注意をした。

ある日、私は久しぶりに光枝とあの丘へ登った。光枝はそれまでに時々、そこへ一人で行って、ジョンを投げ捨てた場所でお線香をあげていたという。それを聞いて私もついて行ったのだ。かわいそうなジョンは、北田に捨てられたとも知らず、死んでからも飼い主の姿を求めてさまよっていたのだ。一時の快楽だけを追い求めた男の、光枝も犠牲者だったしジョンもそうだった。

あの崖近くに坂井が立っていた。老人は、私と光枝とを認めるとにやにやと笑った。着ているものは薄汚れ、シャツもズボンからだらしなくはみだしていた。私と光枝とは目配せをして、急いで坂井の後ろを通り過ぎようとした。坂井は、ウェストがゴムになったズボンをずり下ろすと、丘の下に向かって放尿し始めた。老人の手の中の萎《しな》びた陰茎は、力なくだらりと垂れ下がっていた。細い坂道では避ける場所もなく、私たちはそそくさとその場を通り抜けようとした。ボケた老人は、わざとこちらに体を向けて、また卑《ひ》猥《わい》な笑い声を上げた。

私は光枝の腕を取った。その瞬間、光枝が異様に体をこわばらせているのが伝わってきた。光枝は坂井の下半身を凝視しているのだった。

「みっちゃん……」

私は慌てふためいて、光枝の腕をぐいと引いた。だが、光枝はとうとうその場に立ち止まってしまった。坂井はますます悦にいってシャツまでたくし上げた。その時、ようやく私にも光枝が見つめているものがわかった。光枝の視線がとらえているもの――それは坂井の下腹部にある手術痕だった。引き攣れた日本列島のようなケロイド状の傷。

坂井は小便を終えると、ゆっくりとズボンを上げ、私たち二人を舐《な》め回すように見た挙げ句、去って行った。私たちも黙って歩きだした。それから崖の上でジョンにお線香をあげた時も、帰り道も一言も言葉を交わさなかった。のみならず、それ以降、坂井のことに関して光枝と語り合ったことはない。

　光枝にいたずらした相手は建設作業員ではなかった。その時、もう隣人になっていた坂井だった。五歳のその当時、光枝にはわかっていたのかもしれない。が、幼い心の防衛本能が働き、記憶の中の男の顔を灰色に塗り潰してしまったのだ。もしかしたら、彼は光枝にもっと酷《ひど》いことをしたのかもしれない。性行為に嫌悪感を抱かせるような何かを。それがあの傷痕を見たことで甦《よみがえ》ってきたとしたら――？光枝の中でこの事実がどのように処理されたのか私は知らない。見事なほどに私たちは口を閉ざした。その二か月後に、坂井がふいに姿を消した時も。

　認知症だから、どこかで迷子になったのか。港の方でも時折姿を見かけたから、長距離フェリーに乗り込んでしまったのかも。いや、海に落ちたのだ、自殺したのだ、という噂が飛び交った。けれども、とうとう坂井の行方は知れなかった。孤独な老人のことは、そのうち誰もが忘れてしまった。

光枝は十一年前に子宮ガンで死んだ。六十一歳だった。

あれほど赤ん坊を産みたがっていたのに、子宮の病気で命を落とした。最後は、母と私とが交替で付き添った。最後まで意識はしっかりしていたから、光枝と私とはたくさんのことを話した。死ぬまで私たちは「みっちゃん」「まあちゃん」と呼び合っていた。それでもやっぱり私は聞けなかった。

「みっちゃん、坂井さんをあの崖から突き落としたん？ 立ち小便しよるあの爺さんの背中を押したら、声も上げずに落ちていったやろね」と。

あの崖も崖下の繁みも、今もあの時のままである。

あなたの望み通りのものを

「おばあちゃん、今度そっちへ行った時にはユウカ、この前憶《おぼ》えたスペイン風オムレツを作ってあげるからね！　すっごくおいしいんだよ」

髪の毛をポニーテールにした少女が、にこやかに語りかける。最近はまっている料理の話題、それから学校生活のこと、好きな音楽のことを話した後には、歌のフレーズをちょっと口ずさんでみたりもする。

百合子《ゆりこ》は畳に雑巾《ぞうきん》がけをしながら、テレビ画面から流れてくる声を聞くともなく聞いていた。何度も聞いたこのセリフの次には小学生の弟が出てきて、またおばあちゃんへ語りかけるのだ。ひょいと首を伸ばして介護用ベッドの上の文江《ふみえ》を見ると、うっとりした表情で画面を眺めている。八十三歳の文江は、日に何度もこのＤＶＤを見ている。

掛け布団の下から、枯れ枝のような腕を突き出して、リモコンを操作するのも、慣れたものだ。

「お義母《かあ》さん、体の具合はどうですか？」

息子の嫁に優しい声を掛けられた文江は、「ああ、今日はだいぶ楽だよ」と画面に向かって答える。それも毎回同じだ。自分では、いつも新鮮な気持ちで答えているつもりなのだろうけど。

ＤＶＤの再生途中で声を掛けようものなら、文江は目に見えて不機嫌になる。大きな音を立てるのも厳禁だ。だから、掃除機を使うこともできない。文江の居室は、拭《ふ》き掃除をするしかない。

ヘルパーの百合子がこの家に通いだしてもう一年以上が過ぎた。文江には奈津美《なつみ》という娘がいて同居しているのだが、彼女は仕事が忙しく、ほとんど母親の面倒をみることが出来ない。百合子と同年配の奈津美は独身で、生命保険会社に勤めている。かなりのやり手で、男性の部下が何人もいるという。

ＤＶＤの最後に文江の息子なる人物が出てきて、自分が小さかった頃の、母親との思い出を語り始めた。

「お母さんの味噌《みそ》汁には、刻んだお揚げがたっぷり入っていたよな。味噌は麦味噌で。あれ、うまかったよなあ！　あの味は、晴香《はるか》には出せないんだよなあ」

横から嫁が「そりゃあ、あなた、お義母さんと比べられたんじゃあ……」とか何とかと口を挟む。

文江は目を細めて、何やらブツブツと画面に向かってしゃべりかけている。

四十代半ばとおぼしき夫婦に高校生と小学生の子供。認知症の進んだ文江はこの架空の息子一家に夢中なのだ。

架空——そうだ。このＤＶＤは、一日中ベッドに横になっている文江のために奈津美が注文して取り寄せたものである。奈津美によると、これはオーダーメイドのＤＶＤで、客の注文に合わせて、どんなものでも作ってくれるらしい。特徴は、事実と反するものでも、リアリティたっぷりに作り込んでくれること。それこそ、客の思い描いた世界を具現化したＤＶＤなのだ。

実際に挙げてもいない結婚式の様子を映したもの。子供の頃からの成長記録。行ってもいない海外旅行先で撮った記念写真。誰かに語りかけるレター映像。本人の顔写真を送っておくと、そこはＣＧでうまく似せて作ってくれるという。どんな用途があるのか知らないが、世の中、色んな商売があるものだ。

奈津美によると、今は、文江のように、体の自由がきかなくなったり、認知症を患ったりした老人向けの需要が高いという。一日中家の中にいて、時間を持て余す。テレビも見たい番組がない。家族もそうそう相手をするというわけにはいかない。そういう類《たぐい》の老人のお守りDVDというわけだ。

しかし、こんなものをずっと見せられていたのでは、洗脳と同じで、記憶が書き換えられてしまうのではないか。この人、ほんとに麦味噌の味噌汁なんて作っていたのかしら。ゴシゴシと力を込めて畳を拭きながら、百合子は思う。もっとも息子なんかいないのに、息子家族に入れあげている時点で、もう実際の記憶なんて破綻《はたん》しているのだろうけど。

そもそも百合子が通いだした頃は、文江はまだしっかりしていた。母親のことをかえりみない娘にしょっちゅう文句を言い、悪態をつくほど元気だったのだ。そんな文江と仕事との板挟みになった奈津美がインターネットで探し出してきたのが、このDVDの制作会社だった。

こうやって架空の家族を手に入れた文江は、お守りDVDにのめり込んだ。こっちの方が自分の本当の家族だと思い込むようになった。急速に認知症が進んだのだ。挙句に奈津美のことはヘルパーの一人だと言い始めた。娘にかまわれない老人の心を癒《いや》し、娘の方も親からの訴えをいちいち聞かなくてもいいという利点はあるものの、こんなことでいいのだろうかと思う。

百合子は風呂《ふろ》場に持ち込んだバケツで、雑巾をザブザブと洗いながら首を振った。

つまらないことを考えるのはよそう。私はただのヘルパーなんだから……。

百合子は自転車を玄関横の狭いスペースにとめると家の中へ入った。自宅は古い平屋の一軒家である。たった二十五坪ほどの家だ。玄関からすぐ脇の台所に入ると、茶の間から夫、秀男《ひでお》の鼾《いびき》が響いてきた。近寄ってみなくても、秀男が酒臭いのはわかっていた。百合子が昼前にヘルパーの仕事に出かける前からそこに座って茶碗《ちゃわん》酒を飲んでいたのだから。秀男は腕のいい指物師《さしものし》なのだが、昨今の不況のせいで仕事は激減している。せっかく何十年もかけて身に付けた技術が、役に立たないのだ。

以前は、名指しで秀男に仕事を回してくれていた家具屋や建具屋も、少しでも安い値のところに発注して、利益を得ようとする。確かないい仕事をすることに誇りを持っていた秀男は、すっかり消沈してしまった。

「あんなものは、いくらももちゃあしないよ。あんなのは、紛《まが》いもんだ」

と、工場で流れ作業で作られる製品のことをけなしていたが、だんだん元気がなくなり、無口になってきた。勤労意欲も失われた。

今は百合子の稼ぎがなければやっていけない。真面目一辺倒だった秀男は深酒をするようになり、精神が蝕《むしば》まれ始めている。それに気づいたのは四か月ほど前のことだ。

仕事が減ったのは秀男のせいではないのだからと、それまで何も言わずにいた百合子だったが、昼間から酔っぱらっている秀男のあまりのふがいなさに、ついついきつい言葉でなじってしまった。百合子も疲れ果てていたのだ。堰《せき》を切ったように溢《あふ》れだす妻の仮借《かしゃく》のない言葉をじっと聞いていた秀男は、いきなり仕事道具のノミを握ると自分の腹に突きたてた。肝をつぶした百合子の前で血まみれになりながら、秀男は叫び続けた。

「死にてぇー、死にてぇー、死なしてくれよぉー」

幸いにも傷は浅く、命に別状はなかったが、それ以来飲んだくれている夫に怖くて何も言えないでいるのだった。

百合子は買い物袋を流し台の上に置いて、夕飯の支度を始めた。秀男の鼾にすすり泣くような声が混じるのを、背中で聞いている。秀男は今も死にたいのかもしれない。百合子は思った。「死にてぇー」と血を吐くように叫ぶ秀男の声を聞いた時、彼の心の中のぞっとするほど暗い深淵《しんえん》を覗《のぞ》いた気がした。

秀男が死を想うようになったのは仕事がなくなるずっと以前からなのだ。あの時――秀平《しゅうへい》が死んだ時から。

秀男と百合子の一人息子、秀平が二歳の時だった。この家で百合子が洗濯物を干していたほんのちょっとした間に、一人で三輪車に乗って家を出てしまった。気づいた時にはどこにも見当たらなかった。増水した川に三輪車ごと転落したのだった。

布団に寝かされた小さな秀平の遺体の前でうなだれていた秀男の後ろ姿は、今でも百合子の脳裏に焼きついている。

文江の体調はよくない。ここ二、三日ほど空咳《からせき》をしている。食欲も落ちた。そのことは奈津美との連絡帳にも書いておいたのだが、彼女からの返事の欄は白いままだ。あちこちで老人の世話をしてきた経験からすると大変気がかりだ。年寄りはちょっとしたことで体調を崩し、それが命取りになることがある。百合子はエプロンをはずすと、ベッドのそばに椅子を持ってきて座った。コホンと一つ咳をして、文江は百合子の方をちらりと見たが、またテレビ画面に視線を戻した。

「おばあちゃん、怖がらなくていいのよ。おばあちゃんがおじいちゃんのところへ行く時には私たち皆で見送ってあげるから」

百合子ははっと顔を上げた。こんなセリフあったかしら。

「お母さん、愛してるよ」

「大丈夫よね、お義母さん、私たちがついているもの」

文江は安堵《あんど》の表情を浮かべている。このＤＶＤは、奈津美が新たにオーダーメイドしたものだろうか。文江が感じている死への漠然とした恐怖を取り除くために？　自分が寄り添えないから架空の家族にその役目を押し付けたのかもしれない。もしそうだとしたら、あまりに念が入り過ぎていてあまりに残酷ではないか。

「何で？　何で引き受けなかったのよ！」

抑えきれない言葉がほとばしる。秀男は冷酒をぐいっとあおった。そんな夫を百合子は歯がゆい思いで見つめた。指物師仲間が、請け負った仕事を手伝ってくれないかと言ってきたのを秀男が断ってしまったのだ。

「黒河《くろかわ》とは仕事したくねえんだ」

「どうして？　いい人じゃない。あんたのことを心配してくれて――」

湯《ゆ》呑《のみ》の向こうの夫の濁った眼がじっと百合子を見つめている。

「黒河んとこの息子な、仕事を継いだ――。あれは秀平と同い年なんだ」

体の力が抜け、百合子は台所の床にぺたりと座り込んでしまった。夫は死んだ子の年を数え続けていたのか。

「あんた、私を憎んでいるんでしょ？　あの時、秀平から目を離したから……」

「いや——」秀男はすっと目を逸《そ》らせた。

「お前じゃないよ。秀平を死なせたのは俺だ。あの三輪車を買ってやったから」

この人の魂はとても救えない。天井を仰いで百合子は思った。

文江を病院に連れて行くために休みをとった奈津美と久しぶりに顔を合わせた。百合子は奈津美に例のオーダーメイドＤＶＤを作ってくれる会社を教えてくれるように頼んだ。

「ネットで検索すればいいじゃない。名前を教えてあげるから」

「あの——、ネットとかじゃないと、それ、注文できないんですか？　私、そういうもの、苦手で」

奈津美は、「そうだったわね」と口の中で呟《つぶや》きながら、自室に入っていった。しばらくして、パソコンからプリントアウトした用紙を持ってきてくれた。

「はい、これ。電話注文も受け付けるって書いてあるわよ」

ぞんざいに差し出された紙を受け取る。

「ありがとうございます」

『リアライズ』——それがＤＶＤ制作会社の名前だった。希望や目的を実現するという意味だと奈津美は教えてくれた。ありもしない出来事や、いもしない家族を実在したかのように映し出すという意味か。

　会社のコピーには、こうあった。

　――あなたの望み通りのものをお作りいたします。

　百合子は、目の前に突っ立ったままの奈津美に視線を移した。

「奈津美さん、最初の映像だけでなくてオーダーメイドで二枚目のＤＶＤを頼んだんでしょ？」

　百合子の問いかけに奈津美は不審げな眼差《まなざ》しを向けた。

「は？　何それ。私は一枚しか頼んでないわよ。お母さんがいつも見ているあれだけよ」

　そんなはずはない。百合子は確かに見たのだ。架空の家族たちが死を迎える文江にいたわりの言葉をかけようとしている映像を。考え込んでいる百合子に背を向け、奈津美は文江の世話を百合子にまかせて自室にこもってしまった。二階の部屋のドアが閉まる音が聞こえた。

　家に帰った百合子は、秀男がまた茶の間で眠りこけているのを確認し、家の奥にある寝室に入った。音を立てずに襖《ふすま》を閉める。持ち帰った用紙を睨《にら》みながら、携帯電話で制作会社の電話番号に掛けた。

長いコール音がもどかしい。その間に、秀平の姿が瞼《まぶた》の裏に鮮やかに甦《よみがえ》ってきた。片えくぼがかわいかった笑顔。近所の飼い犬に吠《ほ》えられて大泣きする姿。パズルに熱中している横顔。うまくできずに癇癪《かんしゃく》を起して、ばら撒《ま》いてしまったこともある。仕立ててやった浴衣《ゆかた》を着て、秀男と夏祭りにも行った。帰ってきた時には、びしょ濡《ぬ》れだった。金魚すくいをしていて、勢い余って水の中に落ちたのだった。

秀平の顔が夕日に照らされて、光る産毛に縁どられる様。

手をつないだ時の、柔らかでしっとり湿った感触。

髪の毛に鼻を埋《うず》めると、干し草のような乾いた匂いがしたものだ。

心の奥に閉じ込めておいた記憶の洪水に、百合子は押し流された。

「リアライズです」

はっきりとした男性の声が、百合子の思考を止めた。一瞬、口ごもってしまった。

相手は静かに次の言葉を待っている。

「あの、ＤＶＤをお願いしたくて……」

自分を奮い立たせるようにそう言った。

「ありがとうございます。当方では、どんなＤＶＤの注文もお受けいたします。あなたの望み通りのものを。きっとご満足いただけると存じます」

柔らかな、心を慰撫《いぶ》するような響きだ。緊張がすっとほどけていった。

「お願いします」

秀男だけじゃない。私だって秀平が恋しいのだ。

もう一度、秀平の姿が見たかった。ＤＶＤの中でも何でもかまわない。

あの子に会えるなら、私は——もう死んでもいい。

オーダーメイドのＤＶＤが届いたのは二週間後のことだった。詳しい説明もせず、秀男をテレビの前に座らせて二人で見た。明るいポップス調の音楽が流れ、少し音量が絞られると、画面に「秀平の成長記録」という文字が現れた。

「お前、これ……」

「いいから、見てよ」

いつになく強い口調で言うと、夫は黙った。

初めは、百合子が「リアライズ」に送った二歳までの実際の写真が何枚か映し出された。ちらりと秀男の顔を盗み見る。口をへの字に曲げてはいるが、目を逸らそうとはしなかった。

二歳以降の画像も続く。小学校の入学式。運動会で走る姿。修学旅行で友だちとふざけ合う姿。中学校や高校で生き生きと過ごす息子。幼い秀平の顔から予測して、顔を少しずつ成長させてある。その技術は絶妙で、いかにも秀平が大きくたくましくなっていくようだった。

時には動画まで挟まれる。高校では、陸上部に所属していたという設定になっていて、赤土の全天候型グラウンドを疾走している映像があった。

「俺も走るのが速かったんだ」

ぽつりと秀男が呟いた。秀平が着けたゼッケンには、自分たちの名字が印刷されていた。きめ細かい、丁寧な作りだ。軽やかにフィールドを駆け抜けた秀平は、一着でゴールインした。

「やったわ！　秀平！」

百合子もＤＶＤに夢中になっていた。

最後に落ち着いた音楽が流れた。画面には、二十代後半くらいの男性が現れた。百合子ははっと息を呑んだ。秀平の面影をうっすらと宿した青年だった。彼は、カメラの角度を直すしぐさをし、軽く咳払いをした。

「お父さん、お母さん元気にしてる？」

男性は微笑みながら語りかけてくる。どうやらレター形式の映像になっているようだ。

外資系の会社での仕事はハードだけれどやりがいがあること、大学時代の友人とは今でも時々飲みにいくこと、今度まとまった休みがとれたら必ず帰るからということ、その時に、もしかしたら彼女を紹介するかもしれないということ。

秀男は秀平を大学まで行かせてやりたいと言っていた。そしてサラリーマンにさせたいのだと。そういう詳細を百合子は『リアライズ』に語ってオーダーメイドの映像を作ってもらったのだ。電話に出た『リアライズ』の男性係員は、あまり口を挟まず、淡々と耳を傾けていただけだったのに、百合子が望んだ通りの映像が出来あがっていた。

振り込んだ料金は、百合子の稼ぎからすると決して安くはなかったが、満足のいく仕上がりだ。隣の秀男の顔を見やった。彼は食い入るように画面を見つめている。その表情が緩み、映像の男性の軽いジョークに引きこまれるようにふわっと微笑んだ。

これでいい。百合子は思った。私たちは一度喪《うしな》った息子を取り戻したのだ。

百合子は二階のベランダへ洗濯物を取り入れに上がった。食の進まない文江にひと匙《さじ》ずつ雑炊を食べさせてやっていたせいで日は暮れかかり、洗濯物はすっかり冷え切っていた。文江の体調が悪化の一途をたどっているのも気になったが、それよりも百合子には気がかりなことがあった。それに気づいたのは一週間ほど前のことだった。

秀男がくり返し見ているＤＶＤで映し出される秀平の首の右側に、小さなほくろを見つけたのだ。二歳で死んだ秀平にも同じ場所にほくろがあった。『リアライズ』に注文をした時、百合子はほくろのことなどは話していない。送った写真にもほくろが写っているものはなかった。偶然にしては出来すぎている。第一、一か月前にあのＤＶＤが届いた時、ほくろには気がつかなかった。

映像が少しずつ変化してきている――？　まさか。いつの間にかぼんやりと手を止めていた自分に気がつき、百合子はまた洗濯物をピンチサークルからはずした。秀男は秀平の映像を何度も見ている。酒の量も減った。あの映像が秀男の心を癒しているのは確かだ。以前のように精神が不安定になって泣き喚《わめ》いたりもしない。

それはそれで有り難いことではあるのだが、何かがおかしい。言葉で言い表すのは難しいのだが、しいて言えば妙な幸福感に酔っているというべきか。それは架空の息子一家の映像に夢中になっている文江の状態に似ている。

そういえば――。

また百合子の手が止まる。十日ほど前、家の庭にプラスチックの玩具《おもちゃ》が落ちていた。車から、ロボットに変形する組み立て式のものだ。それを見つけた時、百合子は一瞬動けなくなった。昔、秀平が同じものを持っていた気がする。あの頃流行《はや》りの子供番組で活躍していたロボットで、秀平にせがまれて買った覚えがあった。

　玩具をそっと拾い上げ、土を払った。ついさっき、秀平がここに置いていったのではという錯覚に襲われる。今、追いかけていけば、あの子は川に落ちずにすむんじゃないか。実際に後ろを振り返ってみたりもした。

　そして、そんな自分を笑った。こんな玩具は、いつの時代にもある。たぶん、幾度も映像化される変身ヒーローものに出てくるのだ。きっとどこかの子が、うちの庭に入り込んで落としていったに違いない。

　落とした子が取りに戻ってくるかもしれないと、庭に置いたままにしているが、誰も持っていかない。一応、秀男にも尋ねてみたが、素っ気なく「知らない」と答えた。最近の夫は、反応が鈍い。もう自分を取り巻く現実世界に興味を失ってしまったようだ。

　数日前、秀男は奇妙なことを口にした。秀平が望みをかなえてくれる、とか何とか。望み通りの大人に成長した秀平の映像を見て喜んでいるという意味かとその時は聞き流したのだったが。

階段を下りていると、文江の荒い呼吸音が聞こえてきた。容態が急変したのだ。百合子は踊り場に洗濯物を放り出して、一気に階段を駆け下りた。文江の部屋へ飛び込んで、百合子はぎょっとしてその場で凍りついた。人々は文江の上にかがみ込むようにしているのだが、誰も一言も口をきかない。部屋の中には文江の苦しそうな息づかいだけが響いている。

百合子の気配に気がついた人々は、いっせいに百合子の方を向いた。ベッドの上にかがんだまま、くいっと首だけが後ろへ回った。

まるで、作り物の人形のように不自然な動きだった。

「ヒィィィーッ!!」

百合子は腰を抜かして尻《しり》もちをついた。それは、ＤＶＤに出ていた息子一家だった。画面の中から文江に話しかけていたあの家族。四十代の夫婦にユウカという名の女子高生、小学生の弟。四人の家族が文江の上にかがみ込んだまま、首だけを回して百合子の方を見た。四人ともがぞっとするほどの無表情。映像ではあんなに表情豊かで饒《じょう》舌《ぜつ》だったのに。

逃げだしたいのに足に力が入らない。百合子は後ろについた手を動かして何とか廊下にまで下がった。四人はふいに百合子に興味を失ったように、また首を回して文江に向き直った。この家族は約束通り、文江の最期を看取りに来たのだ。玄関まで這《は》いながら百合子は思った。『リアライズ』が作りだした人々は、見る者の思い込みの強さによって育てられ、実体を持ってその役目を果たしにやって来る？

それでは――それでは秀平は？

転がるように文江の家を出ると、百合子は自転車に跳び乗った。震えているせいで何度かペダルから足がはずれた。人にぶつかりそうになって怒鳴られた。暗くなっているのにライトを点《つ》けていないせいだ。

自宅の窓からは、ぼんやりと明かりが漏れてきていた。その光を見て、百合子は大きく息を吐いた。自転車をこいでいる間、呼吸することを忘れていたような気がした。きっといつものように秀男はテレビに向かっているか、酔って眠っているかに違いない。そろそろと玄関の引き戸を引いた。テレビの音も鼾の音も聞こえない。家の中はしんと静まりかえっている。

「あんた……？」

うなじのあたりがちりちりとして、何らかの異変がこの家の中で起こっていることを告げていた。

秀平が望みをかなえてくれる？ あの人の望みって何だったかしら。暗い玄関に立って百合子は考えた。その時、秀男の言葉が頭の中に甦ってきた。

「死にてぇー、死にてぇー、死なしてくれよぉー」

百合子は靴を脱ぎ散らかして上がり框《かまち》に跳び上がった。いつも開け放している茶の間の障子が閉まっていた。百合子は力一杯にそれを引き開けた。こたつの向こうから秀男の二本の足が突き出していた。こたつ布団につまずきながら秀男に近づく。秀男はにっこりと笑っていた。目は見開いたまま。けれどもその瞳《ひとみ》には命の光が宿っていなかった。

「あんた！」

彼の胸には黒々と血の染みが広がり、体の下には血だまりが出来ている。

「あんた、何やってんのよ！」

百合子は秀男の体に取りすがった。秀男は幸せそうな視線を天井に向け、されるがままにゆさゆさと揺れる。とうとう秀男は思いを遂げたのだ。百合子の体の力が抜けていく。

「何よ！　一人で勝手に行かないでよ！　私も連れて行ってよ」

吠えるような嗚咽《おえつ》が喉《のど》から溢れだしてくる。

その時だった。背後でかすかな物音がした。百合子はゆっくりと振り返った。台所へ続くガラス戸の向こうに人影があった。不思議と怖いとは思わなかった。人影が手を伸ばして、ガラスの引き戸を開けるのを、百合子はじっと見つめていた。

血濡れた手でノミを握りしめた秀平の姿が現れた。あのＤＶＤの中からやって来た成長した秀平。オーダーメイドＤＶＤが甦らせてくれたわが子――。

百合子は秀平をじっと見返した。そうだ。私もずっとこれを望んでいたのだ。秀平を亡くした二十五年前からずっと。

あの子に会えるなら、私は――もう死んでもいい。

私も夫も自分で自分の命を絶つ勇気を持たなかったから、自分を責め、お互いを責め、地獄のような日々を過ごしてきた。でもそれも終わる。

秀平が願いを――かなえて――くれる――。

『リアライズ』――希望や目的を実現するという意味。

「ひでえもんだな」

刑事は一言呟いて立ち上がった。めくっていたシートを元に戻す。それでも畳の上に流れ出た夥《おびただ》しい血のあとは隠しきれなかった。

「どうだ？　家の中の様子は？」

「外部から侵入した形跡はありませんね」

裏口を検《あらた》めていた部下の若い刑事が、廊下を歩いてやってきた。狭い家の中で、鑑識課員が窮屈そうに仕事に没頭していた。まだその作業は当分かかりそうだった。茶の間には、この家の世帯主の男の死体。そして隣の台所には、妻の死体が横たわっている。

台所の方もこちらと似たような凄惨《せいさん》だった。

妻はしっかりとノミを握りしめていた。夫の職業は指物師で、ノミは、彼の道具箱にあったものだという。状況から見て、妻が夫を殺した後、自分の喉を突いて命を絶った無理心中だと推察された。

「発見したのは？」

「隣の住人です。外に待たせてあります」

二人は並んで玄関から外に出た。猫の額ほどの前庭に、七十年配の隣の主婦が、割《かっ》烹着《ぽうぎ》のまま立っていた。彼女の足元に、幼い子が遊ぶようなプラスチックのロボットの玩具が転がっていた。中年夫婦二人暮らしの家には似つかわしくないものだ。でも、これが何かの証拠になるのだろうか？　誰かが侵入してきた証拠に？

　まさか——刑事は玩具のことは頭の隅に追いやり、老女に向き直った。

「こんなことになるなんてねえ。かわいそうに。そこまで思い詰めていたのかねえ。百合子さん」

　刑事が尋ねるまでもなく、隣の主婦は声を詰まらせ、割烹着の裾《すそ》で涙を拭《ぬぐ》った。

「何か思い当たることが？」

　しゃくりあげる主婦の気持ちが鎮まるのを待って、そう水を向けた。

　彼女は、最近、夫の秀男の方が、仕事にあぶれて酒浸りになっていたことを告げた。妻の百合子が、ヘルパーの仕事をして生活を支えていたという。夫婦は子供を幼い頃に亡くしており、そのせいもあって、夫の方はしだいに厭世的になっていったようだと隣人は説明した。

「うちまで聞こえてきましたよ。秀男さんが喚く声が。『死にてぇー、死にてぇー、死なしてくれよぉー』って」

　それで前に一度、ノミを使って自殺未遂をしたこともあるのだと付け加えた。

　これで決まりだな、というふうに、刑事たちは目配せをした。

「でも妙だよな」

主婦を帰らせてから、年配の刑事の方が言った。

「何がです？」

「二人とも、辛《つら》そうな顔、してなかったじゃないか。旦那《だんな》を殺して自分も死ぬなんて、相当の覚悟がいるはずなのに、旦那も奥さんも、なんか幸せそうに微笑んでるみたいに見えたぜ」

若い刑事は、ただ肩をすくめたきりだった。

縁《えん》切り

私は子供の頃、よく怖い夢を見て泣いた。

まだ小学校に上がる前だったと思う。すると、母は「縁切り」のおまじないをしてくれたものだ。人差し指で円を描き、それを真ん中で切り裂くように、斜めにシュッと指を走らせる。

そんな仕草をした挙句、「縁切り」と母は呟《つぶや》くのだった。「円切り」と「縁切り」をかけたおまじないだ。

「もう怖いこと、あらへんよ。悪いもんとは縁切ったさかい」

柔らかな母の関西弁が、今も耳の奥に残っている。母が亡くなってもう四年になる。あれがどこのおまじないなのか、とうとう聞きそびれた。母が生まれ育った滋賀県の湖西《こせい》地方のものか、それとも父と暮らした京都のものか。今となっては知る由もない。

だが、確かにあのおまじないはよく効いた。その後は、私は安心して母の胸に顔を埋《うず》めて眠った。父は、私が生まれて一年もしないうちに事故で亡くなってしまったから、私はもともと漠然とした不安感や寂しさを覚えていたのかもしれない。父の顔は写真でしか知らない。

母は私を抱えて北関東の地に移り住んだ。遠い親戚《しんせき》を頼ったのだと母は言っていたが、その親戚という人にも、私は心当たりがない。とにかく、それ以来私はこの地で暮らしている。

サラサラと竹の葉擦れの音がする小さな木造の平屋が、母が私に残してくれた唯一の財産だ。

私の家は、山の斜面を切り崩して建てられた住宅地のはずれにある。斜面の一番上にあり、背後は竹藪《やぶ》だ。車を持たないから車庫もなく、細い坂道を徒歩で上って来なければならない。造成されてから月日が経って、住宅地はくたびれて見える。年を取って足腰の弱った住人は、市中心部のマンションに移ったり、施設に入ってしまったりして空き家も目立つ。そのせいで、余計うらぶれた印象だ。

でも私にとっては、母との思い出の詰まった大事な家だから、ここから動くということは考えていない。死ぬまでここで暮らしていたいと思う。もっとも売りたいと思っても、こんな立地では買い手がつかないだろうが。

母もこの家で亡くなった。私が仕事から帰ってみたら、台所で倒れていた。くも膜下出血だった。あれは悲しい思い出だ。だが、やっぱりここからよそに引っ越そうとは思わなかった。

この家は、母がある人に買ってもらったものだ。母は幼い私を連れてこの地に来て、大きな料亭で仲居として働き始めた。私は保育所に預けられていたというが、その記憶はない。母はしばらくして、その料亭の経営者に囲われた。いわゆるお妾《めかけ》さんだ。裕福な経営者は、造成されたばかりのこの土地を買って家を建て、母に与えたのだ。

そうして見ると、いかにも愛人のための別宅というたたずまいの家だ。住宅地のはずれということで目立たず、背後が竹藪なので、風流といえば風流だ。詩吟をたしなみ、水墨画や剣舞を習ったりと趣味人だったそうなので、こういう隠れ家的な造りが粋だと、彼は考えたのかもしれない。

とにかく、その人のお陰で母は働きに行かなくて済むようになった。日陰の存在に身を投じたわけだが、幼い私は、いつも母とこの家にいられることが嬉《うれ》しかった。母の愛人のことは、おぼろげながら憶《おぼ》えている。丸い顔で、ふくよかに肥えた中年男だった。母より二十は年上だったろう。私のことも可愛がってくれた。

「萌恵《もえ》ちゃん、ここにおいで」

うちでご飯を食べる時、彼は私を胡坐《あぐら》の上に乗せてくれた。時折、膝《ひざ》を上下に揺さぶって、私がケラケラ笑うのを楽しんでいた。もちろん正妻はあって、息子が三人いた。だから女の子が可愛くて仕方がないのだと言っていた気がする。母は料亭で雇われていた時のまま、彼を「旦那《だんな》さん」と呼んでいた。

旦那さんが来る時は、母は着物に着替えたからすぐにわかった。その着物も彼から買い与えられたものだった。旦那さんは、仲居として働く母の着物姿に惚《ほ》れたらしい。あの当時、私は彼を何と呼んでいたのだろう。その辺の記憶は曖昧《あいまい》だ。ただ、興に乗ると、朗々と響く艶《つや》のある声でお謡《うた》いを詠《うた》っていた彼の姿は、よく憶えている。ひっきりなしにサラサラとそよぐ深い竹林が、彼の声を吸い込んでいた。

母は、安定した生活を得て安堵《あんど》したようだ。それまでは慣れない土地での暮らしにびくつき、心細い表情を浮かべていたのが、ゆるりとした落ち着きを見せるようになった。他人にどう言われようと、あの境遇に安住していた。それは生活を見据えての計算ずくのことではない。母は旦那さんを愛していたのだと思う。

彼が来る日は、母は顔を輝かせていそいそと料理の用意をしていた。旦那さんもこの家ではくつろいでいるようだった。母も私も大事にしてくれた。子供の私から見ても、二人は仲睦《なかむつ》まじい様子だった。心を許した間柄なのだと知れた。

旦那さんを迎え入れるための準備を整え、最後に身支度をする母を、私も浮き立つ気持ちで見ていた。鏡台の前で着付ける時、しゅっと腰紐《こしひも》を締める母の仕草は今も憶えている。襟元を整える母の頰は、ぽっと上気していた。

だが、そんな平和な月日も長くは続かなかった。放漫経営がたたり、旦那さんの料亭は傾いた。彼は大きな借金を残したまま失踪《しっそう》した。母はまた働きに出なければならなくなった。料亭は借金のカタにとられて、取り壊されて更地にされたようだ。家族は散り散りになったと後で聞いた。

私たち母娘《おやこ》にとって幸いなことに、彼から与えられたこの家だけは、取り上げられずに済んだ。旦那さんが母の名義にしてくれていたお陰だ。以来、三十年近く、私はこの家に住み続けているというわけだ。

「なんか陰気な家なんだよなあ」裕也《ひろや》は何度もそう言う。「不便だし、坂道を上ってくるのも疲れるし。どこか別のところへ引っ越せば？」

私は笑って首を振る。ここからよそへ移る気はないと、何度も言ってあるのに、口癖のように裕也は言うのだ。

彼とは職場で知り合った。私は小さな印刷会社で事務をしていて、裕也は印刷機械のメンテナンスで出入りする技術者だった。知り合った時には、彼はもう結婚していた。もちろんその事実を知った上で、私は深い仲になったのだ。誘いをかけてきた裕也にふと心が動いた。母を亡くして寂しかったのかもしれない。ちょっとした気の迷いだと思っていた。家庭のある人と関係するのには、抵抗があったはずだ。

母の生き方を受け入れてはいたが、それを倣う気はさらさらなかった。私はちゃんとした職に就き、たっぷりとは言い難いが、生活の糧を得る方策を持っていた。家もある。女一人が食べていくのに不足はなかった。

裕也も妻と別れるとは言わなかった。ただこの家が私たちの密会場所としては都合がよかったのだろう。自宅に真っすぐ帰らず、ここに寄る回数が増えていった。時には泊まっていくこともある。夫婦関係がどうなのかは知らない。彼はそういうことをいちいち説明しなかったし、私も訊《き》かなかった。

文句を言いながらも、この家が居心地がいいのだ。裏が竹藪で、一段下の家は空き家だ。

「どんなに声を上げても誰にも聞こえないな」

そんなふうに言って、私を昂《たかぶ》らせ、乱れさせるのだった。

私もしだいに裕也に依存するようになっていった。体だけではない。精神的にも安らぎを感じるようになった。頼れる存在があることが、私の生活にささやかな喜びと平穏をもたらした。たとえ正式に結ばれることはなくても。

普段は意識することはないが、私は生い立ちからして、どこにもつながらない不安定さを抱えていた。母が亡くなってからはなおさらだった。親しい友人もなく、職場と家を往復するだけの生活に甘んじていた。裕也は、そんな味気ない生活に潤いをもたらしてくれた。いつの間にか、私は裕也から離れられなくなっていた。

旦那さんに寄り添っていた母の気持ちがわかった気がした。男と女は理詰めではなく、自《おの》ずと引き寄せられるものなのだ。

裕也と一緒になりたいと望みはしなかったが、別れることを考えると背筋が凍った。彼を手放すことを考えると、ふいに怖くなる。だからことが終わっても、布団の中で裕也に体をぎゅっと押し付けずにはいられなかった。

裕也は私の髪の毛を撫《な》でながら、ふと顔を歪《ゆが》めて耳をそばだてる。

「ほら、聞こえないか？」

「何が？」

「誰かの声。細くて、唸《うな》っているような、歌っているような――」

ふふふっと私は笑う。

「あれは風の音よ。竹藪の中を風が通り抜ける時、ああいう音がするの」

「そうかな？」裕也は不安そうに目をきょろきょろさせる。

「怖いの？」

私は「縁切り」のおまじないをしてあげる。

「これで大丈夫。もう怖いものとは縁が切れたわ」

子供に言うようにそう囁《ささや》きかけると、裕也は私の上にまた覆いかぶさってくるのだった。


バカな私は、高望みさえしなければ、そんな暮らしがいつまでも続くと思い込んでいた。裕也との関係は、私の生活の一部になっていた。

だが、そううまくはいかなかった。恐ろしい変化は唐突に訪れる。旦那さんが突然いなくなったように。

裕也の奥さんが私を訪ねて来たのだ。私の存在に気がつき、自分でケリをつけようとしたのか。彼女はたった一人でこの家に来た。

未希《みき》という名前だということは知っていた。だが、会うのは初めてだった。驚いたが、すぐに私は平静を取り戻した。正妻の前で見苦しい態度を取るのだけは嫌だった。何気なさを装って、彼女を家の中に招き入れた。

未希を居間に通すと、彼女はぐるりと部屋の中を見回した。板敷のその部屋には、古びた籐《とう》の応接セットが置いてあった。旦那さんが買ってくれた調度品が、家の中にはまだたくさんあった。この居間と、あとは二部屋だけの小ぢんまりした家だ。

「ふうん」

未希は意地の悪そうな笑みを浮かべた。それを目にした途端、うなじにちりちりとした感触が走った。

「こんな家に裕也を連れ込むのは、やめていただきたいわね」

私は何も答えなかった。

「陰気で居心地の悪い家」そう彼女は切って捨てた。

気の強い女だと思った。

「裕也はもうここには来ないわ」

「そんな――」

思い切り虚勢を張っていたのに、つい言葉がこぼれた。

「ほんとよ。彼、あなたと別れることを承知したの」

それからくるりと私に背を向けた。掃き出し窓から外を見ている。猫の額ほどの前庭には、小さな石灯籠《どうろう》がぽつんと置かれ、ナンテンが一本植わっていた。いかにも寂しげな庭だ。もう少し手入れをしておけばよかったと、私はぼんやり考えた。こんなふうに裕也の妻に見られることがあるのなら。

「あの人、自分では別れを切り出せないって言うのよ」

未希のまとめ上げた髪の毛を、後ろから私は見ていた。後れ毛がひと房、首にまとわりついている様を。

「だから、私がこうして来たわけ。男のくせに優柔不断なのよ、あの人。だからあなたみたいな人に誘惑されるんだわ」

　未希が立っている足下には、木と花と鳥を組み合わせた細かな柄のカーペットが敷いてあった。比較的新しいそれは、裕也と私が選んだものだ。板敷の合わせ目が緩んできて、足が引っ掛かりそうになったから、その部分を覆うために敷いた。そんな事情をこの女は知りもしないのだ。ここは私と裕也の大事な領域なのだ。

　こんな女がずかずか踏み込んでくる場所ではない。

「だからあなたも覚悟を――」

　未希は最後まで言えなかった。私が彼女の後頭部に、ブロンズ像を振り下ろしたせいで。彼女は声も出さずに昏倒《こんとう》した。私はブロンズ像を手に持ったまま、愛人の妻を見下ろして立っていた。ブロンズ像も、旦那《だんな》さんが買って来て、もう長い間居間に飾ったままにしてあったものだ。長い髪をくしけずる乙女の姿を写し取ったものだった。

　血に濡《ぬ》れたそれを、もう一回未希の顔の上に打ち下ろした。そして、痙攣《けいれん》を始めた彼女がすっかり息絶えるまで、私は待った。美しい凶器を女の横に転がすと、私はカーペットをくるくると丸めて死体を包み込んだ。

　血液はカーペットがすべて吸い取っていた。床板は、やっぱりずれて段ができていた。家の下の山土が柔らかいから、根太が下がっているのだろう。ここにはまた新しい敷物を買わなければならない。荷造り用の紐《ひも》で縛ったカーペットを引きずって、隣の部屋に運び込んだ。

　母が寝室として使っていた和室だ。苦労して畳を一枚上げた。五枚ほどの地板は、切り取られて根太の上に置いてあるだけだ。難なくそれをはずしてどけると、床下の土が見えた。大急ぎで物置からシャベルを持ってきて、土を掘る。柔らかな土は、女の力でもさくさくと掘れた。それでも死体を埋めるほど深く掘るのに、二時間ほどもかかった。カーペットに包んだ死体をその穴の中に寝かした。

　土をかける前に、ふと思いついて、すぐ隣の土をシャベルで崩してみた。朽ちたシーツが見えてきた。元は白かったそれの破れ目から、白骨が見えた。手の部分のようだ。私はしばらく手を休めて、土で汚れた骨を見ていた。

かつてその手は、私の頭を撫でていたのだ。

――萌恵ちゃん、ここにおいで。

あの時の声が耳の奥に蘇《よみがえ》ってきた。

私は気を取り直して、せっせと土をかけた。そのうち、シーツにくるまれた白骨も、カーペットで巻いた未希の死体も隠れてしまった。

泥と汗にまみれた私は、そこまでしてやっと息をついた。剝《む》き出しの地板の上に腰を下ろし、シャベルの柄の上に両手を置いた。その上に顎《あご》を載せて、足下の黒い土を見下ろした。奇《く》しくもここには、二体の死体が並ぶことになったわけだ。

旦那さんは、失踪《しっそう》したのではない。母が殺してここに埋めたのだ。

経済的に行き詰まった旦那さんは、母に別れ話を切りだした。母はそれを拒んだ。旦那さんと一緒にいたかった。

だから――。

だから、別れるという決心を翻さない旦那さんを殺したのだ。

あの晩母は、腰紐《こしひも》で旦那さんの首を絞めた。その場面を、私は襖《ふすま》の隙間から見ていた。眠っていた旦那さんの体に馬乗りになり、交差した紐を引き絞る母の形相に震え上がった。愛憎の果ての憤怒《ふんぬ》と怨念《おんねん》の表情だった。

母は一晩中かかって、床下に旦那さんを埋めたのだ。その一部始終を幼い私は見ていた。髪を振り乱した寝間着姿の母は、到底人間には見えなかった。恐ろしい妖鬼《ようき》だった。明け方になって、疲れ果てた私は気を失うように眠りに落ちた。

その時のことは、たびたび夢に見た。うなされて泣く私に、母は「縁切り」のおまじないをしてくれた。母は、私があの場面を見たことを勘付いていたのかもしれない。だが、死ぬまでそのことに触れることはなかった。

図らずも、私は母と同じ境遇に陥った。だけど私は愛《いと》しい人を殺したりはしない。私は裕也と一緒にいるためなら何でもする。彼は今まで通り、この家に通って来てくれるだろう。私たちはひっそりとここで時間を過ごすのだ。

それ以上のことを私は望まない。

私たちはここで向かい合って食事をし、とりとめのない話をして笑い合う。たまに裕也はこの家に泊まっていくだろう。私たちは愛し合い、疲れ果てて眠るのだ。

時に裕也は耳にするだろう。自分が建てた家の周りを歩き回り、竹林の奥で詩吟を詠《えい》ずる旦那さんの声を。そしたら、私は優しく「縁切り」のおまじないをしてやるのだ。

そうした静かな日常を、私は愛する。

決してこの家を手放すことはない。二体の骸《むくろ》が床下に眠る家。

私は、土に突き立てていたシャベルをそっと持ち上げた。そして埋めた未希の上にかがみ込んで、人差し指で円を描き、それを斜めに切り裂いた。それから「縁切り」と呟《つぶや》いた。未希が決して私にまとわりつかないように。

旦那さんが自分の建てた家の周りを歩き回るのは許せるが、彼女がここに留《とど》まるのは、我慢がならない。

左利きの鬼

「あっ‼」と思ったがもう遅かった。

角から五〇ccのバイクが飛び出してきたのだ。よけきれなかった。自転車がガシャンと倒れる。朋美《ともみ》は道路にしたたかに打ちつけられた。自転車の横っぱらにぶつかって傾いたバイクを、乗り手が支えきれず横倒しにするのが見えた。前輪が朋美の目の前で勢いよく回っている。肩と胸に痛みが走り、一瞬息ができなかった。しかし朋美は素早く視線を巡らせて自転車の前部を見た。

「健人《けんと》！」

健人は、ハンドルに引っかけた子供用の補助椅子にしがみついたまま、青ざめている。這《は》い寄って抱きかかえると、ようやく大声で泣き出した。朋美の首に手を回してくるが、その動作によってまた肩と胸が痛んだ。

「大丈夫？　頭打ってない？」

健人の頭を撫《な》でて上を向かせる。体のあちこちを触ってみるが、痛がる様子はない。

それだけを確認して、全身の力が抜けた。

「ごめんなさい！」

頭の上から降ってきた声に、やっと相手の方に気が向いた。背が低い小太りの中年女が立っていた。

「どこか怪我した？」

女に覗《のぞ》き込まれて、健人はますます大声で泣いた。朋美は立ち上がろうとするがかなわない。体が痛いというよりは、事故のショックで腰が抜けたようになっていた。

「救急車を呼びましょうか？」女の申し出には迷わずかぶりを振った。

「大丈夫です」

通行人がじろじろと眺めながら通って行く。自転車とバイクが倒れて道をふさいでいるので、後ろから来た車が立ち往生している。中年女はバイクのエンジンを切り、道端に寄せた。朋美の自転車もその横に立てかける。戻って来た女の手を借りて立ち上がると、朋美は健人を抱いたまま後ろに下がった。二台の軽自動車がそろそろと通過した。

「ほんとにごめんなさいね」

女が頭を下げる。朋美はひとつ息を吐き、彼女の顔をじっくりと見た。初めて見る顔だ。五十代半ばくらいの年齢に見えたが、もしかしたらもう少し若いのかもしれない。だらしなく垂れた顔の肉、ヘルメットをとった下のぺちゃんとつぶれた白髪まじりの髪の毛、垢《あか》ぬけない服装。すべてが彼女を老けさせている。

健人の泣き声がヒックヒックというしゃくり上げに変わった。それに従ってようやく気持ちが落ち着いてきた。女のバイクのナンバーを急いで記憶する。バイクはよく見かける車種ではあるが、古くてあちこちが傷だらけだった。駐輪場で他のバイクから見分けるためか、車体の右側に大きなシール（どこかの観光地のステッカーらしきもの）が貼ってある。ミラーの付け根には、交通安全のお守り袋がぶら下がっていた。少なくともあれの効き目はなかったわけよね、と朋美は心の中で呟《つぶや》いた。

「でも病院にはいかなくちゃ」

女の言葉に体の痛みがぶり返してきた。顔をしかめた朋美に健人が不安そうな視線を送ってくる。

「でも、あの……」

「そうしてもらわないと私も困るわよ。後で何かあったりしたら、この事故のせいかどうかわからないじゃない」

女はずけずけとそう言い、朋美はむっとした。しかしそれは理にかなっている、とも思う。今ざっと見た感じでは大丈夫そうでも、後で健人の具合が悪くなったりしたらと思うと怖かった。近所の整形外科病院に行こうと言う女の申し出に頷《うなず》いた後、携帯電話で健人の保育所に連絡した。続いて勤務先にもかけて休ませてもらうことにした。その行為を見ていた女が自分の携帯電話を取り出した。

「私の番号、教えておくわね」

有無を言わせず番号を朋美に告げてくる。お互いの番号を交換し合った後、女が名乗った。朋美もしぶしぶ自分の名前を伝えた。こんな面倒なことになってしまったことを悔やむ。安岡京子《やすおかきょうこ》という名の女に促されて病院まで歩いた。健人を抱いて歩くのは辛《つら》かったが、自転車は前輪が歪《ゆが》んでしまい、使い物にならなかった。京子は朋美の体を気遣って健人を抱きとろうとするが、健人は嫌がってますます朋美にしがみついてくる。

「あそこは危ないっていつも思ってたのよね」

並んで歩きながら京子は言う。

「見通しが悪いからねえ」と自分の不注意を棚に上げたような口ぶりだ。あの場所は朋美が走って来た幹線道路と脇道が交差する地点だ。バイクで脇道から出てこようとしていた京子の方に、安全確認義務があるはずだ。

その角には五メートル四方ほどの木立があり、毎日そこを通る朋美も、脇道から出てくる車が見えなくて怖いと思っていた。いつもは注意するのに、今日は保育所の時間に間に合わないと急いでいたのだ。木立を伐採してくれればいいのだが、あそこには小さな祠《ほこら》があって、木立はそれを守るように住宅街の中に残されている。

「お宅はどちらですか？」

近所らしいとは思ったが、一応尋ねてみると、京子は木立の方を振り返って指差した。

「あそこよ。ほら、あの木の向こう――」

「ああ」

木立が敷地の中に食い込んだようになっている大きな家があるのは知っていた。そういえばあそこの家の表札は「安岡」だったような気がする。当然のように京子が朋美の住まいを尋ねてきたので、仕方なく健人と二人で住んでいるマンションを教えた。おとなしくなった健人の手を握って京子があやそうとすると、また健人は泣きだした。

「あらあら、ごめんなさい」京子は首をすくめた。

お世辞にも整った顔とはいえないのに、白粉《おしろい》を必要以上にはたき、くっきりと赤い口紅をひいた京子の顔は、人見知りをする健人には不気味としか映らないだろう。

「ぼく、いくつ？」

それでも京子は怯《ひる》むことなく話しかけてくる。まだ満足におしゃべりできない健人に代わって朋美が「一歳と八か月です」と答える。

「交通事故ですか？」病院の受付けでそう問われて朋美は口ごもった。「交通事故なら保険は使えませんよ」

保険——ますます縮みあがる。朋美は健康保険には入っていない。

「いいわ、治療費は私が払います。私が悪いんだから」横から京子が口を挟んだ。

「この子もお母さんもきちんと診てもらいたいの」

京子は診察室にまで入ってきて、医者に事故の様子を説明する。でしゃばりな中年女にまかせて朋美は寡黙になった。レントゲン検査の結果、二人ともさしあたっては異常は見つからない、と医者は言った。

「お母さんは打ち身で全治一週間というところでしょう。ですが、子供さんの方もあわせてしばらく様子をみてください。何か変わったこと、たとえば吐いたり意識が朦《もう》朧《ろう》としたりしたら、急いで連れて来てください」

「はい、わかりました。ありがとうございます」

朋美が返事をするより先に京子がぺこぺこと頭を下げた。湿布薬と万一の時の痛み止めが出た。保険がきかないために支払いは結構な額だったが、京子は気にとめるふうもなく、全額支払った。また三人は歩いてもとの場所に戻った。

「さて、どうしたらいいのかしら」京子は壊れた自転車を眺めて首を傾げた。「やっぱり警察に届けるべきよね」

朋美は青ざめた。

「いや、いいです。もう。これで……」

「だめよ！」京子に腕をつかまれるとまた打ったところが痛んだ。「あなた、仕事してるんでしょ？」小さく首を縦に振る。

「だったら、警察に届けて事故証明をもらわないと。私、自賠責保険には入ってるから、休業補償とかもらえるわよ」

「いえ、ほんとにもう――」

京子がちらっと幹線道路の先に視線を走らせた。この道のずっと先には交番があるのだ。それに気がついてびくっと体を震わせた。届け出は事故を起こした者の当然の義務だということはわかる。事故証明があれば、今京子が病院に支払った治療費も保険で補われるのだということも。でも、朋美は警察に行くことを躊躇《ちゅうちょ》した。

「そうね」朋美の心を読んだわけでもないのに、京子は考え込んだ。「私もこんな近所で現場検証とかやられると、ちょっと困るわ」

朋美は、祈るような気持ちで次の言葉を待った。京子は何も言わず、壊れた自転車に歩み寄った。

「あなた、自転車ないと困るでしょ？　これ、あとで直して届けるわね」

「あの——警察は？」

「まあ、やめときましょう」

そう答えた真っ赤な唇の片方がくいっと上がった。

朋美はマンションに戻って来た。古びた階段には埃《ほこり》や砂が溜《た》まっている。エレベーターはないから四階まで階段を上る。気が抜けたのと打った体の痛みとで足取りは重い。健人も疲れたのか、腕の中でうつらうつらし始め、ますます重くなってくる。のろのろと鍵《かぎ》を開けて部屋へ入る。六畳一間にキッチンがついただけの小さな部屋。朋美以外の入居者は皆一人暮らしだ。

敷きっぱなしの布団に健人を寝かせた。その隣にもぐり込みながら、またいつものあの夢を見そうだと思った。病院で貼ってもらった湿布薬の匂いを嗅《か》ぎながら、朋美は眠りの中に落ちていった。

ぺたぺた、ぺたぺた——

冷たい足音が響いている。蔵の中を駆け抜けている。腕の中にしっかりと健人を抱き、夜も明けやらぬ暗闇の中。両方の壁際には、大きな醸造樽《だる》が並んでいる。それが今にも動き出しそうな巨人に見える。誰かが追いかけて来るんじゃないかと、何度も何度も振り返る。赤ん坊の健人が目を覚まして泣きだしたらおしまいだ。早く、早く。

ぺたぺた、ぺたぺた——

ようやく蔵から抜ける。植込みの中から隠しておいたボストンバッグを取り出した。もう少しだ。裏口から外へ出ると、待たせておいたタクシーに滑り込む。ほっと一息ついて、運転手に行き先を告げた。最寄りのJRの駅の名前。なのに、タクシーは動かない。

「早く出して！」

まっすぐに帽子を被《かぶ》った運転手は返事をしない。振り返りもしない。エンジンはかかっているのにタクシーは停車したままだ。

「早く!!」

震えながら振り返ると、裏口からバラバラと人が飛びだして来るのが見えた。夫の基弘《もとひろ》と姑《しゅうとめ》の富江《とみえ》、それに「竹内酒造」の専務の萩原《はぎわら》だ。思わず健人をぎゅっと強く抱きしめる。驚いて健人が泣き始める。健人を胸に押しつけてその肩口に顎《あご》を埋《うず》めると、赤ん坊特有の甘くてねっちょりした匂いがする。

ドンドンドンドン――三人がタクシーのドアを叩《たた》いている。

「朋美、降りろ！」と基弘が大声を出す。

「その子だけは置いて行きなさい」と叫んでいるのは富江だ。

ドンドンドンドン――

　朋美は布団の中で目を覚ました。マンションのドアを誰かが叩いているのだ。体を起こそうとして上半身に痛みが走った。細めにドアを開けると、外に京子が立っていた。

「あなた、どうしたの？　何度チャイムを鳴らしても出て来ないから心配になったわよ」

　背後の布団の中で健人が「フニャー」というような泣き声をあげた。

　京子は朝と同じくたびれたキルティングの上着をはおっている。キッチンの壁に掛けた時計を見ると、もう午後一時を過ぎていた。自転車を持って来たという京子の後について階段を下りた。自転車置き場には新品の自転車が置いてあった。

「あの自転車、もともとガタガタだったでしょ？　直すより買った方が安いって自転車屋さんに言われたの」

朋美は言葉もない。確かにあれは勤め先の惣菜《そうざい》屋の奥さんが、捨てるというのをもらったのだ。車体は錆《さ》びているし、チェーンも緩んで嫌な音がしていた。

「でも――こんなにしてもらったら――」

「いいの、いいの」

京子はそばに停めてあったバイクの前カゴから紙袋を取り出した。

「あなたにもぼくにも悪いことしたわ。これ、つまらないものだけど食べてね」

高級洋菓子店の紙箱が入っていた。朋美が小さな声で礼を言うのが聞こえたかどうか、京子はバイクのエンジンをかけてさっさと行ってしまった。

翌日には打った肩と胸が見事に青紫色になった。惣菜屋には、風邪をひいたと嘘をついてもう一日休ませてもらった。交通事故にあったなどと正直に話して、皆の注目を浴びるのが怖かった。京子がくれた洋菓子は、健人と二人では食べきれないほどあった。普段きり詰めた生活をしているので、こんな贅沢《ぜいたく》はしたことがない。健人は大喜びだった。

二日休むと体の痛みも軽くなったので、次の日は仕事に出ることにした。健人を預けているのは、無認可の保育所だ。新しい自転車はペダルも軽くて気持ちがいい。同じ方向から通っている親子が後ろからやって来た。

「お、新しい自転車、買ったの？」目ざとく見つけて訊《き》いてきたのは、母親の砂川真《すながわま》理《り》だ。

「ええ、まあ」朋美は言葉を濁した。例の木立が近づいてきた。少しスピードを落として角の向こうを見やった。今朝はバイクも車もいなかった。元気のいい真理は先に行ってしまう。振り向いて朋美に笑いかける。

「ねえ、あそこの祠って何なの？」

以前、真理が祠に手を合わせていたのを思い出して尋ねてみた。

「よくは知らないけど、子育ての神様なんだって。子供の頃からうちの母も通るたびに拝んでいたわ。うんと御利益があるからあんたもそうしなさいって言われてんの」

真理はここで生まれ育ち、結婚後も実家の庭に家を建てて住んでいる。気さくな性格で朋美にもよく声をかけてくれるのだが、朋美の方は誰にも深入りしないように気をつけているので、向こうもそれを感じたのか、今では何となく距離を置くようになった。

こうしてひっそりと生活しているのは、夫に見つけられないためだ。朋美は十年前に、「竹内酒造」の五代目である基弘と結婚した。竹内酒造は明治時代から続いている老舗《しにせ》の造り酒屋だった。基弘は酒屋のくせに酒が苦手な、生真面目で融通のきかない男だった。家の中は姑の富江が取り仕切っていた。基弘も専務の萩原も富江の言いなりだった。それでも、いずれは富江と同じように商売から家事までを切り盛りするようになるのだからと、朋美も努めて富江を立てて見習っていた。

ところが、基弘が竹内酒造の事務員の女と関係を持っていることが明らかになった。古くから竹内酒造に勤めている、基弘よりも少しばかり年上の女だった。話し合いの途中で、基弘と若い時分に一度間違いを犯したのを、富江が別れさせたのだという過去の事情も知れた。もしかしたらこの十年間、途切れることなく朋美の目を盗んで関係を持っていたのではないか。そう疑い始めると、とても夫婦生活を続けることはできなかった。

離婚したかったが、富江が世間体を気にして許さなかった。だから、朋美は健人を連れてあの家から逃げ出した。十か月前のことだ。竹内の家を後にした朝のことは、今でもくり返し夢に見る。実際は、タクシーはスムーズに走りだし、朋美と健人とを駅まで運んだ。

自分の判をついた離婚届は基弘の机の上に置いてきた。だから、もう離婚は成立しているはずだ。もしかしたらあの事務員と一緒になっているかもしれない。竹内の家は朋美を必要としてはいないだろう。彼らが捜しているのは、健人だ。健人は大事な跡取りなのだ。

朋美は縁もゆかりもないこの土地に来て、新しい生活を始めた。息をひそめるようにして健人と二人暮らしている。いつ基弘や富江に見つかって、健人を取り上げられるだろうかと思うと、心がやすまることはなかった。

少しでも長く隠れていれば、あの女との間に二人目が生まれて、健人のことは諦《あきら》めてくれるのではないか。その考えだけにすがって今日まで生きてきた。交通事故などに巻き込まれて、救急車や警察を呼ばれたりすることは極力避けねばならない。なるべく親しい人も作らないように、影のように生きるのだ。

風邪をひいたなどと嘘をついたからバチが当たったのか、本当にひどい風邪に罹《かか》ってしまった。熱が四十度近く出た。市販の薬を飲んでもいっこうに下がる気配はない。健康保険証がないから医者には行けない。だが一番怖いのは、健人にうつしてしまうことだ。保育所に連れて行く体力もない。真理に頼もうか、とも思った。彼女のことだ。きっと助けてくれるだろう。だが、その過程で健康保険に入っていないことがわかってしまう。真理の父親は民生委員をしていると聞いた。いろいろと事情を尋ねられるのではないかと思うと、気がひけた。

その時、チャイムが鳴った。健人がよちよち歩きで玄関の方へ行くのが見えた。熱のためにその後ろ姿がかすんでしまう。ドアが開いた。健人は最近、ドアの内側のつまみを回して鍵を開けることをおぼえたのだ。サアーッと外の冷たい風が入ってくる。それさえも気持ちがいいほど体が火照っている。

「ぼく、お母さんは？」京子の声がした。

「あら、まだ打ち身が治らないの？」布団にくるまっている様子が玄関から丸見えだ。京子はずかずかと入ってくる。抗議をする元気もない。京子は朋美のそばに跪《ひざまず》いた。前と同じ上着の生地が目の前に広がった。濃い臙脂《えんじ》色の上着。キルティングの糸がほつれているのを、朋美はぼうっと眺めた。

「あら、大変！」すぐに京子は朋美の異変に気がついた。額にがっしりした手のひらが当てられる。「すごい熱じゃない」

それからの京子の対応は素早かった。家から持って来た冷却ジェルまくらで頭を冷やしてくれる。先月、夫が罹った風邪と同じようだと勝手に判断して、余った薬も飲ませてくれた。朋美はされるがままだ。健人を保育所まで送り届けてもくれた。保育所は二十四時間対応なので一晩預かってもらうように頼んでくれたという。おかゆを作ってくれ、高価な栄養剤も数本買ってきてくれた。

おかげでぐっすりと一晩眠れた。翌朝には熱は下がっていた。

その日を境に、京子は朋美の家に出入りするようになった。

大変な時に助けてもらえたのだから、有り難いのには違いがなかった。だが、あんな大きな家に住むような主婦は、地域にも顔がきいていて噂話に花を咲かせるのではあるまいか。誰の記憶にも残らないよう細心の注意を払ってきたのに、それが水の泡になってしまう。

しかし、朋美が京子に心を開けないのはそれだけではなかった。何かがおかしいと感じる。京子は熱が出た朋美を見ても、今度は病院に行けとは言わなかった。どちらかといえば鈍そうな感じの中年女なのに、朋美の事情をすべて見抜いているような気がした。

お人よしと独りよがりが同居した、でも得体の知れない女だった。

京子は朋美が警戒しているふうなのも意に介さず、週に一度ほど、あの古いバイクに乗ってやってきた。いつも臙脂色のキルティングの上着に、顔に似合わない真っ赤な口紅だった。京子を拒絶できないのは、健人が彼女になついてしまったということもある。京子は来るたびに子供の好きなお菓子や玩具《おもちゃ》を持ってきた。自分にも同じ年頃の孫がいるのだと彼女は言った。

そのせいだろう。健人の喜びそうなものをさりげなく買ってくるのだ。そんなに値が張るものではない。カラーボールだとかプラスチックのミニカーだとか、そういうものだ。京子が健人にくれたものが殺風景な部屋に色を添えている。そんな安物でさえ買い与えることができないのかと、自分がふがいなくなる時もある。今も健人はカラーボールを壁にぶつけて遊んでいる。夕食の準備をしながら、背中でその音を聞いている。ふと振り返ると、健人が左手でボールを投げているのが目に入った。

「健人、ダメよ。お手々はこっちを使うのよ」

無理に右手に持ち替えさせる。だがしばらくすると、また左手を使っている。しだいにイライラし始める。足音も高く健人に近づくと、健人は怯《おび》えた表情で朋美を見上げた。乱暴にボールを取り上げ、右手に押しつける。

「こっちよ、こっちしか使っちゃダメ！」

健人は大声で泣きだした。

「左利きの人の方が頭がいいのよ」京子は笑う。

「私も左利きなの。でもちっとも不便だなんて思ったことないわ」

健人は京子が持ってきたお絵かき帳にクレヨンで絵を描いている。そらいろのクレヨンをしっかりと握っているのは左手だ。その握り方も、お絵かき帳の方を大きく傾けてテーブルに置いてある様子もぎこちない。朋美は唇を噛《か》んだ。

「野球だってサウスポーの投手の方がカーブを投げるの、うまいじゃない」

朋美が苦々しい表情を浮かべているのに京子は気がつかない。

「テニスもボクシングも、左利きの選手の方が有利なんだから」

健人がお絵かき帳を持ち上げて得意そうに京子に見せる。

「あらあ、健ちゃん、上手、上手」

京子は帳面をめくって別の色のクレヨンを健人に渡す。彼女の方も左手だ。その指の爪が全部長く伸びている。最初、それに気がついた時はぎょっとした。マニキュアを塗るでもなく、荒れた手肌の爪だけを伸ばしているのだ。左利きのうえに、そんな爪をしている京子そのものが、何かちぐはぐで不自然な存在に思えてしまう。

「日本人はすぐに箸《はし》を持つ手を矯正してしまうからよくないわ。左利きだと英語を書く時に不便だなんて勝手に思い込んでいるのよ。第一、西洋人の方が左利きの人が多いんだから。私の経験からいうと、英語だってスラスラ書けたわよ」

長い爪の手で健人の頭を撫でる。

「もっとも英語の点数はひどいもんだったけど――」

べたっと赤く塗った唇を歪めて、さもおかしそうに笑う。

「でもやっぱりこの子は右手を使わせたいんです」

きっぱりとそう言ってクレヨンを持ち替えさせると、さすがに京子は黙った。


惣菜屋も昨今の不況で、人員を減らしている。だから一人でこなす仕事の量は増えるばかりだ。一応決まっている退出時間になっても帰れないこともある。朋美は四時を過ぎてから何度も調理場の壁に掛かった時計に目を走らせていた。夕食用の調理が始まっている。遅出《おそで》のメンバーも揃っているのに、朋美たちがしておくべき下ごしらえが遅れたせいで調理場はてんてこまいだ。五時までに健人を迎えに行かなければならない。

段取りを無視して自分だけに課せられた下ごしらえを乱暴に済ませてしまう。後から来たパートの主婦たちに睨《にら》まれながらも、朋美はエプロンをはずした。自転車を全力でこいで保育所へ向かった。もう十五分も遅れている。きっと保育士にいやみを言われるに違いない。息をきらせながら園庭を駆け抜けて、ガラス戸を押し開いた。

「すみません!!」

夜遅くまで預かる子たちの夕食が始まっていた。子供たちの口にスプーンを運んでいた保育士たちがきょとんとして朋美を見た。

「あれえ、健ちゃんならもう帰りましたよ」

「えっ？」

「ほら、この前もお迎えに来てくれた女の人。お母さんに頼まれたからって――」

京子だ。一か月ほど前、どうしても間に合わないので、切羽詰まって京子に迎えを頼んだことがあった。朋美が熱を出した時に保育士とも顔なじみになっていた京子は、ふたつ返事で引き受けてくれた。深く詮索《せんさく》することなく、何でも頼まれてくれる京子を都合よく利用しているのはわかっていた。他人に依存するのは危険だとも思う。けれども縁者のない土地で子育てするのは、想像以上に大変だった。

でも頼んでもいないのに、なぜ京子は健人を迎えに来たのだろう。京子の携帯に電話をかけるが、無機質な音声が、電話がつながらないことを告げるだけだった。三回かけて諦めた。朋美は再び自転車にまたがった。三月に入って日が長くなり、辺りはまだ明るい。マンションのすぐ前に小さな児童公園がある。この前も三十分ほどそこで健人のお守りをしながら京子は待っていてくれた。

その時、二人は切り紙をして遊んでいた。最初人見知りしていた健人は嘘のように京子になついている。その時も「きゃっ、きゃっ」と笑い声をあげていた。礼を言ってマンションの部屋へ連れて上がると、健人が手に工作バサミを持っているのに気がついた。また京子からのプレゼントらしかった。それが左利き用のハサミだとわかって、健人から取り上げたのだった。次に家に京子が来た時、健人がそのハサミを使っていないのに彼女は気がついたと思うが、何も言わなかった。

児童公園に人影はなかった。急いでマンションの部屋へ駆けあがる。鍵が掛かっていた。念のため中を覗くが、やはり空だ。朋美は途方に暮れた。もう他に京子が行きそうな所に心当たりがないのだ。そこまで思い至って、初めて朋美は京子のことを何も知らなかったのだと気がついた。心を許したわけでもないのに、便利な中年女に頼ってしまっていた自分の不注意さと愚かさを呪った。

不吉な想像が先走り、心臓が早鐘のように打っている。自転車を走らせながら、健人の名を呪文《じゅもん》のように呟き続けた。「安岡」という表札の掛かった大きな敷地の家に着くのに十分とかからなかった。イライラと鳴らすチャイムに応《こた》えて出て来たのは、七十過ぎの老婆だった。

「京子さんはいますか？」という朋美の問いに不審な眼差《まなざ》しを向けてくる。

「京子って誰？」

「安岡京子さん。ここの奥さんでしょ？」

「はあ？　私らは年寄り二人暮らしですよ。そんな名前の人、知らないねえ」

今度は朋美の方が絶句した。足の力が抜けそうになった。乾いた唇を舐《な》めて老婆に説明する。一歳くらいの孫がいて、この冬ひどい風邪をひいたご主人がいて——言いながらそれは彼女が自分で語っただけで、実際に朋美が見たわけでも何でもないのだと思い知る。やはり老婆の親族にはそれに合致する人物はいなかった。

大きな庭をとぼとぼと門に向かって引き返した。敷地に食い込むようにあの木立がこんもりと茂っている。ふとそちらの方に足が向いた。

「あそこよ。ほら、あの木の向こう——」

初めて京子に会った時、そう彼女は言ってこの木立を指差したのだった。それで勝手にこの家が京子の住まいだと思い込んでしまった。

朋美は木立の中に足を踏み入れた。すぐ向こうの道を行き来する車や人の気配が伝わってくるほど小さな林だ。祠の背面が見える。そこにブリキの看板が立てかけてある。祠の由来を書いたものらしい。元は祠の横にでも立てていたのが、古くなって壊れたために後ろに引っ込められたようだ。引きつけられるようにその看板に近づこうとして、朋美はズボッと足を取られた。降り積もった落ち葉が溜まった真ん中辺りは深い窪《くぼ》みになっているのだ。

　落ち葉の中から丸く光った金属製のものが飛び出していた。そのそばに膝《ひざ》をつく。それはバイクのミラーのように見えた。手で落ち葉をそっと掻《か》き分ける。ミラーの付け根に見覚えのあるものがぶら下がっていた。手が震えた。「交通安全」と金色の刺《し》繍《しゅう》が入ったお守り。「ヒッ！」と叫び声が漏れた。

　両手を大きく動かして落ち葉を掻き出す。浅い穴の中に五〇ccのバイクが横倒しになっていた。右側を上にしてあるせいで、車体の右に貼られたステッカーが見えた。朽ちて文字は読み取れないが、これを朋美はこの前まで何度も目にしていた。朋美は泣いていた。泣きながらもバイクを掘り起こす。忘れることのなかったナンバーが出てきた。間違いない。これは京子のバイクだ。だがそれはもう何年も、ともすれば十年以上、ここにこうして放置されていたように見えた。ボディーは錆びてところどころ穴が開き、タイヤも片方はなくなっていた。

湿った腐葉土と落ち葉で汚れ、朋美は茫然《ぼうぜん》自失した。一本の木にもたれかかる。ぼんやりと巡らせた視線が看板の文字を読み取った。この祠は鬼子母神《きしもじん》を祀《まつ》っているのだとそれは告げていた。文字から目を逸《そ》らすことが出来ない。

鬼子母神は梵名《ぼんめい》をハーリティと言い、五百人もの子供の母なのに他人の子をさらって来ては食べてしまうため、釈迦《しゃか》は彼女が一番大事にしていた末子を隠して、子を失う母親の苦しみを悟らせ、仏教に帰依させたという。以来、子育てと安産の守り神になった、とある。天を仰いで朋美は号泣した。京子の禍々《まがまが》しいほど赤い唇と長く伸びた爪を思い出した。

京子は鬼だった。ここからやって来た鬼だった。健人をさらって行ってしまった。

交番の中には若い警官が一人だけいて、日誌をつけていた。

「私――子供を――」

入り口に立ってそう呟いた朋美を不審げに見上げた。

「勝手に連れて――」

泥だらけで虚《うつ》ろな目の女のただならぬ様子に気がついて、警官は腰を浮かせた。

「勝手に連れて来てしまいました」

警官は、ゆっくりと首を回して壁に貼られたポスターを見た。そこには、「乳児誘拐犯」として朋美の写真と名前が載っていた。

朋美は迎えに来たパトカーに乗せられて所轄署に連行された。取調室に入れられて長い間待たされた。四十年配の刑事らしき人物が入って来たのは、交番に自首してから三時間以上が過ぎた頃だった。彼の手に握られている服を見て、朋美は息を呑《の》んだ。

「これに見覚えがあるのかね？」

案外優しい声で刑事は尋ねた。

「はい」

臙脂色のキルティングの上着。京子がいつも着ていたものだ。

「これにくるまれた一歳児が見つかった。バスターミナルの待合所で」

声を出さずにまた朋美は泣いた。

「竹内悠基《ゆうき》君に間違いないと、今ご両親が確認した」

「そうですか。ありがとうございました」

朋美は立ち上がって深々と頭を下げた。

悠基というのが健人の本当の名前だった。身元を隠すために別の名前を付けたというよりも、夫の名前から一字とった悠基の名前が憎かったのだ。この子こそが竹内家の跡継ぎだと宣言している名前が。竹内家に嫁いだ後、何年経っても朋美は子供に恵まれなかった。不妊治療も効果がなかった。そんな時、北原志保《きたはらしほ》という名の事務員の女が夫の子を身ごもった。一度は別れさせられた過去があるにもかかわらず、志保は自分の意志を押し通してその子を産んだ。勝ち誇ったように志保が悠基を抱いて竹内の家に現れた時のことを朋美は忘れられない。彼女に金をやって子供だけを引き取ろうとした富江の目論見《もくろみ》はことごとく崩れ去った。母親になった女のなんと強いことか。北原志保は一歩も引かなかった。基弘と結婚して子供を育てるのだと言い張った。

　話し合いは長引き、悠基はどんどん大きくなった。志保を「身のほど知らず」と嫌っていた富江もしだいに折れてきた。悠基の可愛さと目の前にぶら下げられた「跡継ぎ」というものに心を奪われてしまったのだ。

　このままでは自分が追い出される——そう思った。あんな女に負けてしまう。ただ——ただ子供を産んだだけの女に。志保が憎かった。陰気で狡猾《こうかつ》で、ふてぶてしい女だった。化粧っけのない顔でいつもうつむいて与えられた仕事を黙々とこなすだけ。なぜ基弘があんな女と関係を持ったのか今もわからない。誰も彼もが信じられず、誰も彼もに復讐《ふくしゅう》してやりたかった。

だから——悠基を黙って連れ出した。竹内家の一角に居座ってしまった志保のそばで眠る悠基を誘拐したのだ。あの寒い朝に。小さかった悠基はすぐに母親のことを忘れ、朋美になついた。健人という名前にも馴染《なじ》んだ。名前を与えるという行為そのものが朋美を変えた。命名することが、朋美にとっては子を産むことだった。ただひたすら、たった一人の庇護《ひご》者として朋美にすがりついてくる健人がいとおしかった。母親になれたと思った。このままこの土地で健人と二人、生きていけたら——。それ以上は望まなかった。

健人は無垢《むく》で真っ直ぐで闊達《かったつ》な子だった。あの女が産んだ子とはとても思えなかった。志保の面影を健人に見出《みいだ》すことはなかった。ただ一つ——左利きであることを除いては。

それが悠基という名とともに、健人に穿《うが》たれた刻印だった。志保は左利きだった。薄暗い事務室で、ぎこちなく手首を内側にねじ曲げて左手で帳面をつけるしぐさが目に焼きついている。名前は変えられても左利きは直せない。母と子を結ぶ目に見えない糸——遺伝子という糸で引き合うのが怖かった。もはや健人を手放すことなど考えられなくなっていた。

基弘と志保との間に二人目の赤ん坊が生まれたら、この子のことは忘れてくれるのではないか。そんな手前勝手なことを考えるようになった。だが、心の奥底ではわかっていた。血のつながりのない自分でさえこんなに健人がいとおしいのに、この子を産んだ志保がどれほど苦悶《くもん》し、泣き叫んでいることか。

鬼は――鬼は私だった。

「お母さんは、悠基君の無事を知って泣き崩れたそうだ」

刑事が窓のそばに立って言う。

我が子を失う母親の苦しみ――健人がかけがえのないものになるにつれて、それがよくわかった。なのに朋美は、そこからあえて目を逸らせていたのだ。それを朋美に教えたのは、京子だったのかもしれない。

臙脂色の上着を着た垢ぬけない中年女。木立のかげから飛び出してきた女。健人を返してくれた女。左利きの女。あれはいったい誰だったのだろう。

「これはあんたのかね?」

刑事は上着を持ち上げる。朋美には答えられない。

「そうなんだろ? あんたは自首したんだ。子供を返すつもりだったんだろ?」

そうだ。わかっていたのだ。いつまでもこんな生活は続けられないということは。でも返したくなかった。奪い取った子供はこんなふうに奪い取られなければ手放せないのだ。

釈迦がハーリティに為したように。

健人を束の間育てて、母親になったつもりでいたことを恥じた。志保のことを「ただ子供を産んだだけの女」と断じた自分こそ、浅ましく愚かだった。

「子育ての神様なんだって。うんと御利益のある――」

真理の言葉が思い出された。

顔を両手で覆って、また朋美は泣いた。

湿原の女神

湿原の上に、風の道が出来ている。青々と輝くヨシやスゲが波のように揺れ、点在する沼の水面《みなも》にもさざ波が立つ。卓也《たくや》は、茫洋《ぼうよう》としてとらえどころのない湿原を、バイクのそばに立ってじっと見下ろしていた。そしてもう一度、大きく息を吸い込んだ。日なたと青草の匂い。それと湿原の下の泥炭《でいたん》の匂い。やっぱり来てよかった。ここにいる間、北海道をバイクで飛ばしている間は、何もかも忘れていよう。先のことなど考えずに。そうさせてくれる何かがここにはある。卓也は、愛車のホンダＣＢ４００スーパーフォアのフューエルタンクに、指をそっと這《は》わせた。全財産を引き出して手に入れたこのマシンとの相性も抜群だ。

天気や気温、景色――自分を取り囲むすべてのものをダイレクトに肌で感じながら疾走していると、だんだん自分が無に返っていくのがわかる。あるのは、体のそばをすり抜けていく風と、足の間で響くエンジンの振動だけ。また風が立ち、綿毛に包まれた楊柳《ようりゅう》の白い種子が、目の前をふわふわと飛んだ。卓也は伸びをして、バイクのそばの草の上に腰を下ろした。こんな雄大な景色の前では、自分の悩みなんて、全くちっぽけに思える。

五年前、卓也が高校を卒業する時に、義父は大学へ行かせてやると言ったのに、彼はそれを頑《かたく》なに拒んだ。自分で働いて金を貯めて、自分の力で進学すると言い張ったのだ。しかし、それは甘い考えだった。仙台《せんだい》では名の通った警備会社に就職したのだが、金は貯まらず、勉学の意欲も失《う》せた。そんな時に、もとから相性の悪かった上司と衝突した。卓也は迷うことなく、警備会社を辞めた。そして大学進学の資金として貯めていた金で、四〇〇ccのバイクを買った。その勢いで、仙台から苫小牧《とまこまい》行きの長距離フェリーに飛び乗った。まずは真夏の北海道をツーリングで一周しよう。それだけしか頭になかった。後のことはそれから考えよう、と。それから北海道の海沿いの国道をたどって、三百キロ離れた釧路《くしろ》にまでやって来た。海沿いの道に別れを告げ、釧路湿原の西の端をなぞるように走る北海道道五三号に進路を取った。ここから内陸部の弟子屈《てしかが》へ向かうのだ。

卓也は立ち上がって、ヘルメットを被《かぶ》った。グローブをはめてマシンにまたがり、エンジンをかける。腹の底に響く重低音のエンジン音を聴く。しばらくその音と響きを味わうようにじっとしていた後、スロットルを回してゆっくりと坂道を下っていった。やがて道道《どうどう》五三号に出て、再び北上を始めた。

右手に湿原の広がりを感じながら、卓也は疾走した。背後から、ツーリングのバイクが一台ついて来ている。卓也は、後写鏡《リアビューミラー》をちらりと見た。二五〇ccらしきバイクは、しだいに卓也に近づいて来る。こんなふうに、ぴたりと後ろにつかれるのは苦手だ。

卓也は、道道から逸《そ》れて、「林道宮島《みやじま》線」という表示のある道へ入った。この道は、湿原の中へ突き出している宮島岬へと続く林道だ。美しく舗装された特別上等の道だ。オンロード用のマシンのタイヤが、ぴたりと吸い付くように路面をとらえていく。後ろのバイクも同じように、この林道に入って来た。この道はただ宮島岬へ行くだけで、どこへも通じていない。ライダーがツーリングで通る道とはとても思えない。が、まあしかし、中には物好きなライダーもいるだろう。せっかくだから宮島岬まで上がって行って、写真を撮って来ようか、と卓也は思った。仙台に帰って晴之《はるゆき》に見せてやったら喜ぶだろう。

晴之は、卓也の異父弟だ。卓也とはひと回りも年の離れた弟だ。卓也が義父の申し出を断って大学へ行かなかったのは、晴之のことも少しは関係があった。母の再婚相手である義父は、大手の運送会社の下請けで、個人で細々と宅配業を営んでいる。収入は多くない。卓也は、晴之をどうしても大学へ行かせてやりたかった。だから、なるべく自分のことでは経済的な負担をかけたくなかったのだ。今年、小学六年生になった晴之は、活発で学校の成績もいい。就職して別に暮らすようになったが、実家に帰ると、晴之は大喜びで卓也にまとわりついてくる。卓也が背の低い晴之を抱え上げてぶんぶん振り回すと、晴之はキャアキャアとはしゃいだ。

「ハルは本当に兄ちゃんが好きなんだねえ」

　母は目を細めて言った。長い間、母一人子一人だった卓也は、晴之が生まれて以来、自分を「兄ちゃん」と呼んでくれる小さな存在がいとおしくてたまらなかった。彼をいつも日の当たる場所に置いておいてやりたかった。その晴之も両親も、卓也が仕事を辞めたことを知らない。何も告げずに北海道へ来てしまったのだ。

　我に返った卓也は、また後写鏡を見た。後続のライダーは、またさらに近づいている。水冷の二気筒エンジンらしき、特徴のあるエンジン音まではっきりと聞こえる。卓也は、いらいらと振り返って、シフトダウンした。抜くなら抜いて行けよ、という意思表示のつもりだったのに、相手も同じようにスピードを落とした。

　いったい何なんだ、あいつ——。

　あまりに近すぎて落ち着かない。背中が圧迫されているような感覚を味わった。その圧迫感はふいに、あたかも人を後ろに乗せているような密着感に変わった。誰かが腰に手を回し、体をぴたりとくっつけているような――。はっとして、もう一度振り返ったが、もちろんバイクの後ろは空《から》だ。前に向き直った直後、センターラインを越えてくるダンプカーが目に入った。全身の血が凍りつき、次の瞬間には、その倍のエネルギーでアドレナリンが駆け巡った。ハンドルを切る暇もなかった。

ガシャンッ――最初の衝撃。

それでも固まった両の腕は、ハンドルをしっかりと握りしめたままだ。そのままダンプの右側面を横滑りするように、かすめて通り過ぎる。バイクは激しく傾斜している。

ガガガガ――ッ、二度目の衝撃は、ダンプの横腹にバイクと体がこすりつけられる音。ヘルメットごと頭がダンプに激しく打ちつけられた。巻き込まれる――そう思った瞬間、やっとハンドルから手が離れた。マシンが無惨にもダンプの下で潰《つぶ》されるガーガーバキバキという音を聞きながら、卓也の体は宙を舞った。最後の衝撃は、路面に叩《たた》きつけられる際に感じた。不思議と意識が遠のくということはなかった。被ったフルフェイスのヘルメットが、アスファルトの上を滑っていく音が、耳を聾《ろう》した。

卓也は道の上に体を横たえたまま、指一本動かせないでいた。仰向《あおむ》けに倒れているということだけはわかった。目に沁《し》みるような青空を、雲が次々に流れていくのが見える。放心の体《てい》でそれを見上げていると、水冷式エンジンのバイクが、近くまで来て停まる音がした。スタンドを立てる音。ライダーブーツの音が近づいて来る。目の前に広がっていた空の青がさえぎられた。誰かが上から卓也を覗《のぞ》き込んでいるのだ。逆光で顔の表情はよく見えない。

「大丈夫か？」若い男の声が降ってきた。「待ってろ。今、救急車を呼んでやるからな」

男が、ダンプの方を窺《うかが》うように一歩、二歩踏み出した。それでようやく、その男の顔がはっきり見えた。男は携帯電話を耳に当てている。消防署とやりとりをした後、携帯をパタンと畳んで、ライダーズジャケットのポケットに入れた。そして一度、視界から消えた。ダンプの運転手と何やら言葉を交わしているようだ。また戻って来た。

「遅《おせ》ーな」

また携帯を耳に当てる。そして、それがつながる前に、ついでのように言った。

「お前、右の足がなくなってるぜ」

卓也は、釧路の総合病院に運ばれた。それから後のことは、あまりよく憶《おぼ》えていない。救急治療室から手術室へ運び込まれた。手術が終わってからも、麻酔薬やら鎮痛剤やらを大量に投与されるせいで、いつまで経っても頭の中が朦朧《もうろう》としていた。

ようやく主治医から傷の説明を受けたのは、事故から三日も経ってからだった。卓也の右の足は、膝《ひざ》から下がダンプの車体とバイクとの間に挟まれて、もぎ取られて飛んでいったのだ、とその医師は言いにくそうに言った。卓也の受けた最大のダメージはそれだけで、他は骨にも内臓にも異常はみられなかったと告げた。

「お母さんが仙台からいらっしゃったんですけど――」看護師が横から口を挟んだ。

「先生からの説明を受けたら、気を失ってしまわれたんです」

そう聞いて卓也は、自分の身に起こった深刻な事態にようやく思い至った。母、妙《たえ》子《こ》と面会出来たのは、その日の夕方だった。ただただ、妙子は泣き続けていた。

「何の因果かねえ。あたしが悪いんだ。きっと気づかないうちに、こんな仕打ちが子供にくるようなことをしてたんだ」くどくどと繰り言を際限なく言い募る。

「母さん、もう帰れよ」

とうとう卓也は、そう言った。妙子の肩がびくんと震えた。

「俺のことはもういいから。起こってしまったことはしょうがないだろ。ここで入院して、じっくり傷を治すから」

そして、仕事を辞めてしまったことも告げた。母は、それからもしばらく泣き続けていたが、やがて肩を落として病室から出て行こうとした。そんな妙子を、卓也は呼び止めた。

「でも、まだハルには言わないでくれよ」

妙子は、憔悴《しょうすい》しきった顔でこくんと頷《うなず》いて出て行った。

翌日には、事故処理に当たった警察官がやって来た。相手のダンプの運転手のよそ見運転が、事故の原因だと彼は言った。だから、ダンプの保険で全てが補償されるはずだと説明した。治療費も、新品だった卓也のマシンも。足を失った卓也に新しいバイクを買い直す話をする矛盾に、この若い警察官は気づいていない。そして、事故の詳しい状況を、卓也からひと通り聞きだした後、彼は卓也の右足がどうしても見つからないのだと言った。

「は？」

こういう状況に陥ってから初めて、卓也は気が動転した。今までは、事故を起こしたショックで、右足を切断したと聞いても、なぜか他人事《ひとごと》のような気がしていたのだった。

「それ、どういうことですか？」

警察官は、あの林道周辺の湿原は、くまなく捜したのだと申し訳なさそうに説明した。十人以上の警察官が、胴長を履いて湿原の中へ入り、二日にわたって捜索したのだと。

「でも見つからないんです」警察官は、早口で付け加えた。「どうしてなのか、全く解せないんですけど」と。

「じゃあ、もう捜してもらえないってこと？」

申し訳ない、と警察官は言った。何せ湿原という所は、ヨシの地下茎が張り巡らされているし、その下は、ずぶずぶ沈み込む泥炭層だしと、くどくどと言い訳をした。しまいには、国立公園のうえにラムサール条約の登録湿地なので、どこでもむやみに歩くことが許されていないのだ、などと言った。警察官が出て行ってから、卓也は、茫然自失して、天井を見上げていた。右足を失ったことよりも、その切断された足が見つからないことの方に、どこへも持っていきようのない怒り、不快感、収まりの悪さを感じた。その日の夜は、まんじりともしなかった。

　その男が病室を訪ねて来たのは、手術後一週間経ってからだった。男のライダーズジャケットを見て、あの日事故の後、救急車を呼んでくれた男だとすぐにわかった。

「元気そうだな」

男はそう言った。卓也は憮然《ぶぜん》と黙り込んだ。こういう時、礼を言うべきなのだろうとは思った。だがあの日、あまりにも卓也のバイクに近づいて走らせていたこの男に気をとられていたせいで、突っ込んで来るダンプに気がつくのが遅れたのだ、という気がしてならなかった。その男は、ライダーにしては小柄で、卓也と同年配くらいに見えた。「関谷《せきや》一太《いちた》」とその男は名乗った。

「でも、皆、イタチって呼ぶんだ。だから、そう呼んでくれていいぜ」

それでも、卓也は何も答えなかった。背の低さや、キョトキョトと落ち着きなく動く所作、小づくりな顔などが、そういえばイタチにそっくりだ、などとは思ったけれど。彼が訪ねて来た理由もわからなかったし、誰かと親しく口をきく気にもなれなかった。卓也は、右足の部分が平らになったシーツをじっと見下ろしながら、イタチのおしゃべりを聞いていた。イタチは、とりとめもないことをしゃべるだけしゃべると、

「じゃ」と片手を上げて帰って行った。

傷の方は、順調に癒《い》えていった。だが、右足を失ったという実感は、いつまで経っても湧いてこなかった。ないはずの右足の先の感覚が残っている。痒《かゆ》みを感じて掻《か》こうとして、足先がないのに気がついたりすることがあった。こういう症状を、幻痛《ファントムペイン》というらしい。ふざけた名前だ。ファントムペインだなんて……。受け入れ難いこと

ではあるが、事故で足を失ったことは何とか自分を納得させることは出来ても、それがどこにいったかわからないというのは、いたたまれない気持ちがした。自分が不完全な人間だという烙印《らくいん》を押されたような気になった。

イタチがまたやって来た。偶然にも不幸な事故に立ち会ってしまった、その被害者のことが気になるのだろうか。それでも彼に心を許すことが出来ない卓也は、不機嫌な顔を取り繕うこともしなかった。二本の足でこともなく歩いてやって来るイタチを憎んだ。世の中にこんな種類の憎悪が存在することを、卓也は初めて身に沁みて感じた。ついこの間まで、自分はイタチの側の人間だったのだ。安易な同情や励ましが、どれほどそれを受け止める人々の心を傷つけていたか……。

イタチは、卓也のそんな気持ちを忖度《そんたく》することなく、くだらないことをだらだらとしゃべった。彼は、釧路湿原の東のほとり、標茶町《しべちゃちょう》の塘路《とうろ》という集落の出身で、今は釧路市内に住んでいるのだと言った。だから釧路湿原のことは知り尽くしており、あの林道もよくバイクで走るのだと。

「あの林道をすっ飛ばすと気持ちいいぜ。ハンパじゃねえ」

卓也がなんの返事もしないでいると、イタチはおもむろに携帯電話に保存してある写真を卓也に見せた。髪を金色に染めた若い女の子が、ピースサインをしていた。けばけばしい化粧をした、いかにも頭の中身が軽そうな女の子だ。この女の名前は、ミズナっていうんだ、とイタチは言う。そして卓也に、この子を見たことがないかと問うた。

「は？　意味わかんねえ。何で俺がこの女に見覚えがあるんだ？」

不快な表情を露《あら》わにして卓也は答えた。イタチは、たいして気にするそぶりも見せず、携帯をしまうと、「じゃあ、また来る」と去っていった。

傷の痛みは取れて、傷口もふさがった。卓也は、自分で車椅子に乗って、病院内を移動出来るまでになった。足を失って、体のバランスを取るのは難しかったが、やがてそれにも慣れた。体が元気になると、入院生活は退屈きわまりなかった。釧路漁港の近くの水産加工会社で働いているというイタチは、時々ひょっこりと現れた。あの事故の後、母が二度ほど様子を見に来たきり、見舞い客というもののない卓也は、いつかイタチが来るのを心待ちにするようになっていた。

見舞いの品の一つ持って来るでもなく、ただしゃべって帰るだけの気のいい男に、いつしか親近感を持つようになっていた。そして、とうとうある日、自分の切断された右足が見つからないのだ、とイタチに打ち明けた。珍しくイタチは、ひどく考え込むしぐさをした後、そそくさと帰っていった。

その三日後、病棟の看護師長が、あたふたと卓也のところへやって来て、

「関谷一太さんという方を知ってます？」

と尋ねた。それがイタチのことを指すのだとわかるまでしばらくかかった。師長の話によると、イタチは胴長を履いて、事故現場付近の湿原を踏み荒らし、警察に拘束されたのだという。イタチは、卓也の右足を一人で捜し回っていたのだ。その事情がわかり、厳重注意だけで彼は放免になった。

「お前、ほんと、バカじゃねえの」次にイタチがやって来た時、卓也は言った。「今さらあんな足、見つけてどうするんだよ。とっくに腐っちまってるよ」

照れ隠しでそう続けた。本心は、そうしてくれたイタチの気持ちが嬉《うれ》しかったのだが。

「奴らは、どうせちゃんと捜してやしないんだ」

とイタチは言った。奴らとは警察官のことだ。

「あいつらは道路のすぐそばしか見ていないに決まってる。ヤチマナコが怖いんだ」

「ヤチマナコ？」

イタチは、土地の人間は、湿原のことを谷地《やち》と呼ぶんだ、と前置きしてから、卓也

のシーツの上に「谷《や》地眼《ちまなこ》」と指で書いてみせた。湿原の中の小さな水溜《たま》りにしか見えないそれは、縁が庇《ひさし》のように張り出していて、開水面は小さくても、中は深いつぼ型に広がっているのだ、とイタチは言った。

「ヤチマナコは深さが二、三メートルもあって、そこに落ちると、縁につかまって這い上がろうとしても、もろくてうまくいかねえんだ。馬や牛がはまって死ぬこともある」

卓也は、ごくりと唾《つば》を呑《の》んだ。

「でも、ヤチマナコはヨシ原の中にはねえんだ。急にヨシがなくなって、スゲばっかりになったら危ねえ。俺はよ、そういうとこ、よくわかってっから」

そこまで言ってから、またミズナの写真を卓也に見せて、本当に見たことがないか、と問う。全く訳のわからない奴だ。

「この子、お前の彼女なのか？」

「ああ。だけどよ、誰とでも寝ちまうんだ。さっき知り合った奴とでもすぐにさ。ほんと、ハンパじゃねえ」

卓也は膝を打って笑った。この「ハンパじゃねえ」というのは、イタチの口癖だった。

「で、お前は捨てられたってわけだ」

「そりゃあ、今はどこにいるかわかんねえけど、捨てられたって決まったわけじゃねえよ」

そうイタチが言ったので、卓也はまた腹を抱えて笑った。笑いすぎて涙が出た。事故以来、こんなに笑ったのは初めてだった。

「そんな尻軽《しりがる》女の後を追いかけるのやめとけ。きっと今だって誰かれかまわず寝てるに違いねえよ」

「ああ、そうだろうな」

「どれくらい付き合ったんだ？　ミズナとは」

「二年とちょっと」

イタチは、ぼそりと答えた。

「その間もお前以外の男と寝てたんだろ？」

「ああ。そういう点では全くひどいもんだ。ハンパじゃねえよ。あの女」

「じゃあ、何でそんなに必死で追いかけるんだ？」

イタチは珍しく言葉に詰まった。そして、乾いた唇をちょっと舐《な》めるようにして続けた。

「あいつ、俺の女神なんだ」

卓也は一瞬、きょとんとした挙げ句、またそっくり返って笑った。開けっ放しになった病室の入り口から、看護師の一人が、通りすがりに咎《とが》めるような視線を投げてきた。

「誰にでも大股《また》おっぴろげる女神かよ」

卓也は、ヒィヒィと笑い続けた。そんな卓也を、イタチは真面目な顔をして見下ろしていた。

「いや、そういう意味じゃねえんだ」

卓也の笑いが収まるのを待って、イタチは言った。

「あいつはさ――」

イタチがあまりに一途《いちず》な表情をしているので、さすがに卓也も口をつぐんだ。

「あいつは願いをかなえてくれるんだ。まるで女神様みたいに」

笑おうとしたが、イタチの神妙な顔つきに気圧《けお》された。

「願いを？」

イタチは、こくりと頷《うなず》いた。

「おかしいだろ？　でも本当なんだ」

　イタチの話はこうだ。サケ漁の漁船に乗り組んでいるイタチの兄の船が、荒れた海で転覆した時、「兄貴だけは助けてくれ」とミズナに頼んだ。すると、裏返しになった漁船の船底の、空気が溜《た》まった部分にイタチの兄だけが取り残されていて助かった。イタチのバイクが盗まれた時も、ミズナが捜し出してくれたし、イタチの友だちが、日高《ひだか》の牧場で世話していた無名の競走馬を、何度も勝たせてくれた。イタチは、憑《つ》かれたようにしゃべり続ける。

「口に出すことはないんだ。ただ心で思うだけで、ミズナはその願いをかなえてくれるんだ」

　イタチが釧路の繁華街でチンピラたちにからまれて、こてんぱんに叩きのめされたことがあった。イタチは、血反吐《ちへど》を吐きながら、そいつらを下から睨《にら》みつけた。

「何だよ。その目は？」へらへら笑いながら、大きな体躯《たいく》の男が、工事現場から角材を拾い上げた。それをイタチに振りかざした。

「ミズナ、こいつを殺してくれ！」イタチはその場にいもしないミズナに、心の中で念じたという。その時、男の背後の交差点で車どうしが正面衝突する事故が起こり、そのうちの一台が勢い余って歩道を突っ切って来た。大型のワゴン車は、男の脇からきれいにぶつかった。その男を引きずったままワゴン車は走り続け、やがて男は、ビルの壁面と車とに挟まれて死んだ。

「その車がどけられるまで見てたけどよ、そいつ、きれいに半分くらいの薄さに潰《つぶ》れてたぜ」

卓也のうなじの産毛がぞわっと立ち上がった。

「ミズナの力は凄《すご》いぜ。ハンパじゃねえ」

イタチはそれだけ言うと帰っていった。


卓也の右足のために義足が作られた。卓也の主治医が事故の後に、極力膝が残るように苦労して手術したと何度も言っていたように、膝関節が残っているかどうかで、リハビリや後の生活の質が大いに変わってくる。卓也の場合は、下腿《かたい》義足という脛《すね》より下の義足だけですんだ。身体との接合素材は、少し前までは綿で作られた断端袋が用いられてきたらしい。しかし、今は吸着式と呼ばれる空気の陰圧を用いて直《じか》履きするタイプが主流だという。ソケットと呼ばれるその部分に、卓也はおそるおそる足の切断面を差し入れた。訓練をしてくれる理学療法士に促されて、二本の平行棒を支えにして立ち上がってみた。義肢装具士がきちんと型を取ってソケットを作ってくれたにもかかわらず、その部分には違和感と痛みがあった。顔をしかめる卓也に、療法士は「そのうち慣れてくるから」と励ましの声を掛けた。

慣れてくる？　足をなくして不便をかこつだけでなく、一生この痛みと付き合っていかなければならないということか——。卓也は、絶望的な気分になった。ただ傷を治すための治療期間から、社会復帰に向けてのこうした訓練が始まるにつけ、卓也はひどく落ち込んだ。そんな思いが反映されるのか、歩行訓練は遅々として進まなかった。歩行訓練に疲れ果て、ベッドに横になると、卓也は見つからない自分の右足のことを想い、それから仙台にいる晴之のことを想った。

松葉杖《づえ》を使っての歩行訓練が始まった。これがまた苦痛だった。右の義足と左足、両脇についた松葉杖が、卓也をあざ笑うかのように、てんでばらばらに動いた。何度目かに転倒した時、抱き起こそうとした療法士を突き飛ばして、卓也は叫んだ。

「ちきしょう!!　俺の右足を返してくれよ！」

またぞろ不毛な励ましの言葉を掛けようとしている療法士から顔を逸らすようにして、訓練室の入り口に目を向けた。そこにイタチが立っていた。義足をむしり取るようにしてはずした卓也は、そのまま車椅子を自分の病室まで乱暴に走らせた。イタチは、先にそこに戻っていて、入って来た卓也を見ると、ショボショボと目を瞬《しばた》いた。卓也は、廊下を漕《こ》いで来た勢いのまま、イタチに詰め寄った。

「イタチ、ミズナに頼んでくれよ！　俺の右足を戻してくれって」

窓際に押し付けられたイタチは、ひどく狼狽《ろうばい》した。

「無理だって――。卓也」

「見つけて来いよ、ミズナを！」

駄々っ子のように卓也は言い募った。

「ミズナはもういなくなったんだ」

「だから、どっかの男とくっついてよろしくやってんだろ！　ちょっとでいいから俺のとこへ連れて来てくれよ」

卓也がそう言うと、イタチはいきなり顔をくしゃくしゃにして泣き出した。

「無理なんだよ、卓也。ミズナはもうこの世にいないかもしれない……」

イタチは、つっかえつっかえ話しだした。

あの林道をすっ飛ばすのが楽しみだったイタチは、ある晩ミズナを後ろに乗せて林道へ向けて走っていた。その途中、ミズナの話から、彼女がイタチの親友と寝たことが明らかになった。林道を少し入った所でバイクを停めた。卓也が事故を起こした地点だ。二人は大喧嘩《げんか》を始めた。

「他の男ならともかく、俺の一番のダチと寝たんだぜ、ミズナは。それでもう俺はカッカきちゃってよ。そこへミズナを置き去りにしたんだ」

それが去年の秋のことだという。それきりぷっつりとミズナの消息が知れなくなったのだとイタチは言い、ライダーズジャケットの袖《そで》でぐいと涙を拭《ぬぐ》った。

「だからって死んだとは限らないだろ。子供じゃあるまいし。通りかかった車に拾ってもらってさ、その運転手とくっついて、よその町で暮らしているんだぜ、きっと」

そう言ってもイタチは頑なに首を振った。イタチがそこを離れる直前に見たミズナは、湿原の中にどんどん踏み入っていたという。

「あいつは死んだに決まってる。ヤチマナコに落ちて」

「ああ……」

卓也は、ようやく思い至った。イタチは卓也の足を捜すということにかこつけて、立ち入り禁止の湿原に入り込み、ミズナの死体を捜していたのだ。エッ、エッ、と子供のようにしゃくりあげて泣くイタチを、卓也は言葉もなく見つめていた。

卓也は、病院の前の植え込みのそばに立ってイタチを待っていた。グリップのついた杖をついてはいるものの、ライダーブーツの中の右足が義足だとは誰も気づかないだろう。

もう秋も深い。吹き付けてくる風は刺すような冷たさだ。それでもそれが気持ちよくて、卓也はそのまま立ちつくしていた。ポケットから携帯電話を取り出して母にかけた。

「俺が足をなくした時、母さん、『何の因果でこんな仕打ちを受けるのか』って言ったよなあ」

電話の向こうで、妙子が息を吞むのがわかった。

「あれ、ハルにも言ってやれよ」

妙子は何も答えない。

「あいつ、いつも元気で明るいだろ？　あれ、あいつのポーズなんだよ。親に心配かけたくなくて、頑張り屋でお利口さんでいるんだ。本心はさ、ほんとの自分を受け入れてもらいたいんだと思う。足のない自分をさ」

妙子はヒューッと細い悲鳴のような声を上げた。

「父さんと母さんは、あいつの障害から目を逸らしてる。そこに触れるのを極力さけてる。でもそれって違うと思う。ハルは本当は母さんに思い切り嘆いて欲しいんだ。何でこんな目に遭うんだって一緒に泣いてもらいたいんだ。普通の子とちっとも変わらないなんて見え透いた嘘を言わずにさ」

クックッと伝わってくるのは、妙子が嗚咽《おえつ》をこらえようとしている声だ。晴之は、生まれつき両足の膝上から下がなかった。

先天性四肢欠損症――。

晴之がものごころつく頃から、家族全員で「平気のための演技」を始めた。それに合わせるように晴之は、健気《けなげ》にも、ずっと明るいいい子、障害に負けず頑張る子で通してきた。しかし、思春期前になった晴之は、そんな自分に齟齬《そご》を感じるようになっていた。それに卓也は気づいていた。

中学生になろうとするのに、身長が百二十センチしかなく、義足にも馴染《なじ》めず、家に帰るとそれをはずして、短い足で立ち、卓也にまとわりついてくる晴之の本当の気持ちを思うと、卓也は胸が痛んだ。今、自分も足を失って、それがさらによくわかった。晴之は、こんな体に産んだ母に恨み言を言いたいのだ。腫《は》れ物に触るようにしている父にむしゃぶりつきたいのだ。兄に、自分のために大学進学を諦《あきら》めてほしくなかったのだ。もっともっと甘えて、わがままにしていてよかったのに、晴之はそれをしなかった……。

「母さん、ハルに俺の足のこと、話していいよ」

妙子は、声を殺して泣き続けている。

「こう付け足しといてくれよ。『俺の義足はかっこいいぜ』って」

駐車場の向こうの門から、イタチのバイクが入ってくるのを見ながら、卓也は電話を切った。イタチも卓也の姿を見つけると、ババババッとエンジンをわざとふかしてみせた。バイクが近寄って来るのが待ちきれず、卓也は杖をついて歩みだした。長い訓練のおかげで、もう健常者と同じくらいのスピードで歩けるようになっていた。イタチが、卓也の前でクイックターンをして停まった。すかさずフルフェイスのヘルメットを投げてくる。卓也が杖を植え込みの土のなかにズボッと刺すと、それを見てイタチがゲラゲラ笑った。卓也は、イタチのバイクの後ろにまたがった。

イタチのマシンは、車の流れにのって市街地を駆け抜けた。イタチのクラッチワークもコーナリングもなかなか堂に入っていた。後ろに人を乗せ慣れているといったふうだった。卓也は、久しぶりの疾走感を味わった。やがてあの林道の入り口が見えてきた。二人は、ひらりと身を投げるようにリーンし、バイクは軽やかにカーブを曲がった。

二人は、バイクから降り、黙って湿原を眺めた。夏、あれほど青々と繁っていたヨシは立ち枯れて、一面淡いベージュの絨毯《じゅうたん》を敷き詰めたようになっていた。ぽつんと一本取り残されたように立つハンノキの枝に、二羽のアオサギがじっととまっていた。

何もかもが、やがて来る冬の先触れを見逃すまいと、姿勢を正しているように見えた。

「ミズナが死んだとは限らねえよ」

卓也は、イタチの考えていることを読み取ったようにそう言った。

「いや、あいつは死んでる。それは確かなんだ。あいつが消えてから、俺は何度もここを通った。そしたら、感じたんだ。背中にあいつの気配を」

卓也の手のひらに、じっとりと汗が滲《にじ》んできた。事故の直前、彼も感じたのだ。後ろに誰かが乗っていて、体を押し付けてくるのを。

「俺の後ろに乗っかってくるだけじゃないぜ。ふと顔を上げると、前を走っているバイクの後ろにミズナが乗ってるのを見ることもあったんだ」

「そうか」

やっぱりあの時、ミズナは卓也の後ろに乗っていたんだ。それを見たイタチは、卓也にしつこくミズナを見たんじゃないかと尋ねたのだ。

あの時、ちょうどここを走っている時、卓也は晴之のことを考えていた。最後に晴之に会った時、晴之に、「頑張らなくていいんだ、自分らしく生きろ」と言った。すると晴之は、ぼそりと答えたのだ。

「足のある兄ちゃんにはわからないよ」と。

だから——。卓也は自分の足もなくなればいいとふと思ったのだった。そしたら、晴之の心にもっと寄り添うことが出来るんじゃないかと。あの時、後ろに乗っていたミズナは、その願いをかなえてくれたのだ。

　急に辺りが白くかすみ始めた。ひんやりとした湿ったミルク色の霧が、海の方からやってきて、湿原の奥へ流れ込んだ。たちまちハンノキが見えなくなった。冷たい霧だ。イタチは首をすくめて遠くに目を凝らしている。卓也は、ふと首を巡らせて林道の先を見た。霧の中を誰かが歩いて来る。そいつは、ふっと霧の中から姿を現した。ヒラヒラしたティアードが何段も重なった超ミニのワンピースの上に、革のジャケットを着た女の子だ。ひと目見て、それがミズナだとわかった。ミズナは、ライダーブーツを両腕で抱えていた。いや、ライダーブーツじゃない。あれは卓也がなくした右足だ。そうわかった途端、卓也はミズナに向かって微笑みかけた。

「もういらねえよ。それ、お前にやるよ」

　南風が強く吹き、霧が吹き飛ばされていった。霧と一緒にミズナの姿も消えていた。

「何か言ったか？」

　イタチが卓也の方を向いて言った。

「いや」

イタチはバイクの方に歩み寄った。義足で歩く訓練に嫌気がさした卓也は、ミズナに頼んだのだった。俺の足を返してくれと。だから、ミズナは今度はそれをかなえてくれようとしたのだろう。

やっぱりあいつは女神なんだな——。

イタチがバイクのエンジンをかけた。

「今度は、展望台へ行ってみようぜ。あそこから見える夕日はヤバイぜ」

卓也はイタチの後ろにひょいと乗った。

「ハンパじゃねえ」

エンジンが唸《うな》りを上げ、バイクはまた走りだした。

「城山界隈奇譚」参考文献

『風水都市松山の秘密』　土井中照（アトラス出版）
『松山城　増補五版』　松山城編集委員会編（松山市役所）

解説

朝《あさ》宮《みや》　運《うん》河《が》

デビュー作には作家のすべてが詰まっている、とはよく言われることである。もちろんあくまで一般論に過ぎないが、本書の著者・宇佐美《うさみ》まことに関して言えば、この法則は見事に当てはまっているようだ。

著者のデビュー作は、二〇〇六年に第一回『幽』怪談文学賞・短編部門大賞を受賞した「るんびにの子供」。家庭を顧みない夫と息子の肩を持つ姑《しゅうとめ》に悩まされていた主人公が、幼い頃から目にしていた幽霊の存在によって密《ひそ》やかな復讐《ふくしゅう》を果たす、という怪談小説である。同賞の選考委員の一人であった東雅夫《ひがしまさお》氏が「現代的なホラーサスペンスと怪談との融合」と評したこの作品は、主人公の周囲に現れる異界の少女以上に、登場人物たちのどす黒い感情に恐怖のポイントが置かれていた。

私たちは誰しも、他人には知られたくない秘密の感情を抱いている。ずるさ、貪欲《どんよく》さ、意地悪さ、我が身可愛さ——。普段はそうした感情を隠しながら社会生活を営んでいるが、ふとした瞬間、それが露《あら》わになってしまうことがある。平凡な市民の抱く悪意を扱った「るんびにの子供」以来、著者が飽くことなく描いているのは、心の蓋《ふた》が開いた瞬間に生まれるぎりぎりの人間ドラマなのだ。

本書『角の生えた帽子』は一七年に刊行された著者の第二短編集の文庫版である（文庫化にあたって「空の旅」「赤い薊《あざみ》」「縁《えん》切り」を追加収録）。先に角川ホラー文庫に収められた第一短編集『るんびにの子供』によって宇佐美ホラーの面白さに開眼した読者はもちろん、普段あまりホラーに縁のない人にも自信をもっておすすめできる、クオリティの高い小説集だ。

全一二編の収録作に共通して立ち籠《こ》めているのは、なんとも言えない不穏な気配である。たとえば冒頭の「悪魔の帽子」。電子機器の工場で働く主人公が、見知らぬ女性たちを暴行し、殺害するという夢を続けて見ている。同じ頃、北関東のある街では女性を狙った連続殺人事件が発生していた。やがて主人公は夜毎の悪夢と、報道される事件との類似に気づくようになる。

ここで描かれているのは、ひょっとして自分は犯罪者ではないかという、アイデンティティの揺らぎである。自分のことが分からないという不安は、モーツァルトが流れる静謐《せいひつ》な工場、そこで組み立てられる悪魔の帽子のような部品、といった秀逸なディテールに支えられ、じわじわと高まってゆく。そしてその暗い気配は、謎が明かされてもなお消えることがない。

あるいは「夏休みのケイカク」では、図書館でボランティアをしている五十代半ばの主人公が、本に落書きをする少女・沙良《さら》に関心を抱く。父の再婚に複雑な感情を抱いているらしい沙良に過去の自分を重ねた主人公は、絵本の余白を利用して、沙良と文通するようになる。孤独な者たちの密やかな交流を描いた図書館ミステリー、のように見せかけて、それだけで終わらないのが宇佐美作品である。幕切れにはある人物の黒い感情が露わになり、読み手を心底ぞっとさせる。

本文庫版のために書き下ろされた「縁切り」でも、古い一軒家で静かに暮らす主人公の心の蓋が、クライマックスで大きく開く。ミステリー的などんでん返しとともに、ひたひたと恐怖が押し寄せるストーリーテリングは堂に入ったものだ。

それにしても宇佐美まことはなぜ、恐怖という感情を作品の中心に据えるのだろうか。その理由について、二〇一七年『愚者の毒』で日本推理作家協会賞を受賞した際のエッセイではこう述べられている。

恐怖という感情の前では、人はすっかり裸に剝《む》かれてしまいます。「喜び」「悲しみ」「怒り」という感情は、取り繕えますが、「怖い」という感情ではそれができません。恐怖は、隠し持った人間性を露わにする一つの装置です。私は恐怖という名のナイフで、取り澄ました人間をざっくりと切り取り、その断面を「ほらっ！」と高く掲げてやりたいのです。（「小説NON」二〇一七年七月号）

なおこのエッセイでは「怪異そのものよりも、怪異に見舞われた人間の方に、より興味を抱く」とも述べられており、著者のホラー観の一端をうかがわせる。とはいえ「怪異そのもの」をなおざりにしているわけでないことは、花に憑《つ》かれた人々の不気味なエピソードを連作形式で収める「花うつけ」、悪意の象徴のような幕切れが目に焼き付いて離れない「赤い薊」などを読めば明らかだろう。描かれる怪異がリアルで、生々しい迫力を備えていない限り、人間をざっくりと切り取ることなどできはしないのだ。

「犬嫌い」は幼少期のトラウマ的体験が原因で、性行為と犬に嫌悪感を抱くようになった年上の従姉《いとこ》・光枝《みつえ》にまつわる物語である。ツイストの効いたミステリーとしても高い完成度を誇るこの短編において、ひときわ印象的なのは行方不明になった光枝の飼い犬・ジョンが家のまわりをうろつくシーンである。鎖をザラザラと引きずり、鼻をクンクン鳴らす犬の幽霊。彼岸と此岸《しがん》のはざまに現れたものが、見慣れた日常に亀裂を走らせてゆく。

さらに本書にはもうひとつの傾向がある。それは風景や土地にインスパイアされた作品が複数収録されていることだ。著者の郷里・松山《まつやま》の歴史ある女子高を舞台にした「城山界隈奇譚《しろやまかいわいきたん》」がその好例。学生時代に図書委員を務めていた語り手が、司書の女性との忘れがたい日々を回想する物語だが、城下町ならではの印象的な風景や逸話が、怪異にリアリティと奥行きを与えていく。北海道でのツーリング途中、大怪我《おおけが》をした青年の絶望と再生を描く「湿原の女神」にしても、不実な夫から逃れようとした妻が、大雪のため北陸の空港で足止めされる「空の旅」にしても、作品のテーマと風景は密接に繋《つな》がっていた。

おそらく著者の感受性は、各地の風景からさまざまな物語を読み取っているのに違いない。山深い集落と東京が対比的に描かれる民話風ホラー「みどりの吐息」において、狩人《かりゅうど》の男が口にする「あいつらは森を離れては生きられねえのさ」という台詞《せりふ》には、土地に根ざした物語を紡ぐ著者の実感が込められているようだ。

暗く不穏なムードに覆われた本書において、きらりと光を放っているのは人間のひたむきさや家族愛を描いた作品である。幼い子供とともに嫁ぎ先から逃げてきた主人公が、不思議な中年女性と知り合う「左利きの鬼」では、怪異が主人公に取り憑いていた妄執を消し去り、新しい一歩を踏み出させる。架空の家族が現実を侵食してくる「あなたの望み通りのものを」も悲惨な事件を描いてはいるが、胸を打つ家族愛の物語としても読める。

　先に引用したエッセイで、著者はこうも述べている。「人間は、したたかで、弱くて、ずるくて、どうしようもなく欲深く、時に悪意や狂気に支配されます。でも、だからこそ悲しく切なく、愛すべき存在なのです」。

　人は善良ではない。しかしそれほど捨てたものでもない。そんな大きな人間観に貫かれた宇佐美作品は、人生のさまざまな喜怒哀楽を味わった大人の読者にこそ、より深い感銘を与えるものだと思う。

　デビュー短編集『るんびにの子供』以降、主にホラーや怪談を執筆していた著者は、『愚者の毒』でのブレイクを契機にぐんと作風を広げ、数奇な人の縁を扱った『熟れた月』、児童虐待という社会派的テーマに挑んだ『展望台のラプンツェル』、女性拉致《らち》事件をサスペンスフルに描いた『黒鳥の湖』など、現代ミステリーの力作を相次いで手がけてきた。今年（二〇二〇年）六月には、小笠原《おがさわら》諸島の歴史を背景にした壮大なスケールの力作『ボニン浄土』を発表し、注目を集めている。前作と同じものは書きたくない、としばしば語っている著者だけに、これから先どんな作品が生まれるのか予測できない。

しかしどんなジャンルを手がけようと、恐怖によって人間のありのままの姿を描く、というスタンスに変化はないだろう。本書はそんな宇佐美作品の本質が、ホームグラウンドであり原点でもある怪談の世界で、思うさま発揮された作品集だ。極上の恐怖がもたらすカタルシスを、ぜひじっくりと味わってみてほしい。

本書は二〇一七年九月に小社より刊行された単行本を加筆修正のうえ、文庫化したものです。文庫化にあたり収録した「空の旅」は『怪と幽』（vol.001）に、「赤い薊」は『ダ・ヴィンチ』（二〇二〇年九月号）に掲載された作品で、「縁切り」は本書のために書き下ろされました。

角《つの》の生《は》えた帽子《ぼうし》

宇《う》佐《さ》美《み》まこと

角川ホラー文庫　22432

令和２年11月25日　初版発行
令和６年10月25日　３版発行

発行者———山下直久
発　行———株式会社KADOKAWA
〒102-8177　東京都千代田区富士見2-13-3
電話 0570-002-301（ナビダイヤル）
印刷所———株式会社KADOKAWA
製本所———株式会社KADOKAWA
装幀者———田島照久

●お問い合わせ
https://www.kadokawa.co.jp/（「お問い合わせ」へお進みください）
※内容によっては、お答えできない場合があります。
※サポートは日本国内のみとさせていただきます。
※Japanese text only

ISBN978-4-04-109692-5　C0193

角川文庫発刊に際して

角川源義

第二次世界大戦の敗北は、軍事力の敗北であった以上に、私たちの若い文化力の敗退であった。私たちの文化が戦争に対して如何に無力であり、単なるあだ花に過ぎなかったかを、私たちは身を以て体験し痛感した。西洋近代文化の摂取にとって、明治以後八十年の歳月は決して短かすぎたとは言えない。にもかかわらず、近代文化の伝統を確立し、自由な批判と柔軟な良識に富む文化層として自らを形成することに私たちは失敗して来た。そしてこれは、各層への文化の普及滲透を任務とする出版人の責任でもあった。

一九四五年以来、私たちは再び振出しに戻り、第一歩から踏み出すことを余儀なくされた。これは大きな不幸ではあるが、反面、これまでの混沌・未熟・歪曲の中にあった我が国の文化に秩序と確たる基礎を齎らすためには絶好の機会でもある。角川書店は、このような祖国の文化的危機にあたり、微力をも顧みず再建の礎石たるべき抱負と決意とをもって出発したが、ここに創立以来の念願を果すべく角川文庫を発刊する。これまで刊行されたあらゆる全集叢書文庫類の長所と短所とを検討し、古今東西の不朽の典籍を、良心的編集のもとに、廉価に、そして書架にふさわしい美本として、多くのひとびとに提供しようとする。しかし私たちは徒らに百科全書的な知識のジレッタントを作ることを目的とせず、あくまで祖国の文化に秩序と再建への道を示し、この文庫を角川書店の栄ある事業として、今後永久に継続発展せしめ、学芸と教養との殿堂として大成せんことを期したい。多くの読書子の愛情ある忠言と支持とによって、この希望と抱負とを完遂せしめられんことを願う。

一九四九年五月三日

墓地を見おろす家

小池真理子

恐怖の真髄に迫るロングセラー

都心に近く新築、しかも格安という抜群の条件のマンションを手に入れ、移り住んだ哲平一家。緑に恵まれたその地は、広大な墓地に囲まれていたのだ。よぎる不安を裏付けるように次々に起きる不吉な出来事、引っ越していく住民たち。やがて、一家は最悪の事態に襲われる——。土地と人間についたレイが胎動する底しれぬ怖さを圧倒的な筆力で描き切った名作中の名作。モダンホラーの金字塔である。〈解説／三橋暁〉

角川ホラー文庫

ISBN 978-4-04-149411-0

ISBN 978-4-04-109114-2

ISBN 978-4-04-106429-0